Nasrin Siege

»Ich kehre zurück, Dadabé«

Es ist Dadabé, der Großvater, der seiner Enkelin Todisoa und den anderen Kindern die Geschichte ihrer Familien erzählt. Doch als kurz nach seinem Tod ein Zyklon das Dorf verwüstet und Haus und Felder zerstört, beschließt Kamisy, Todisoas Vater, mit seiner Familie einen Neuanfang in der Hauptstadt zu wagen.

Das Leben in Antananarivo aber ist hart. Als ihre Ersparnisse aufgebraucht sind, lebt die Familie wie viele andere auf der Straße, wo sie mit schlecht bezahlten Gelegenheitsarbeiten, Betteln und dem Verkauf von Müll zu überleben versucht.

Schließlich kommt die Familie illegal in einem der ärmsten Viertel unter. Als Kamisy für längere Zeit unschuldig ins Gefängnis gesteckt wird, ist es Todisoa, die die Familie zusammenhält und nach einem Ausweg sucht.

Nasrin Siege, geboren 1950 in Teheran, seit 1959 in Deutschland, Psychotherapeutin, lebt seit 1983 überwiegend in Afrika, u. a. auch einige Jahre in Madagaskar. Kinderbuchpreis 1994 der Ausländerbeauftragten des Senats von Berlin. Two Wings Award 2006. Initiatorin des Vereins Hilfe für Afrika e.V., aktiv in zahlreichen Hilfs- und Entwicklungsprojekten. Bekannt als Kinder- und Jugendbuchautorin. Bei Brandes & Apsel: *Kalulu und andere afrikanische Märchen* (3. Aufl.); *Der Tag des Regenbogens; Hyänen im hohen Gras.*

Nasrin Siege

»Ich kehre zurück, Dadabé«

Die Geschichte eines madagassischen Mädchens

Brandes & Apsel

Auf Wunsch informieren wir regelmäßig über das Verlagsprogramm:
Brandes & Apsel Verlag, Scheidswaldstr. 22, 60385 Frankfurt am Main, Germany
Internet: www.brandes-apsel.de; E-Mail: info@brandes-apsel.de

literarisches programm 151

1. Auflage 2011

Lektorat: Volkhard Brandes, Frankfurt am Main
Umschlag und DTP: Franziska Gumprecht, Brandes & Apsel Verlag, Frankfurt am Main, nach einem Foto von Helmut Frühinsfeld
Druck: STEGA TISAK d.o.o., Printed in Croatia
Gedruckt auf säurefreiem, alterungsbeständigem und chlorfrei gebleichtem Papier.

Bibliografische Information *Der Deutschen Nationalbibliothek*:
Die Deutsche Nationalbibliothek verzeichnet diese Publikation in der Deutschen Nationalbibliografie; detaillierte bibliografische Daten sind im Internet über www.dnb.de abrufbar.

ISBN 978-3-86099-713-0

Prolog

Ich laufe mit Telovavy durch den Wald. Wir suchen den kleinen Mausmaki.

Pass auf, dass du das Netz der Spinne nicht zerreißt! Ich habe Bücher dabei. Aus Antohomadinika, wo ich mal gewohnt habe. Ich habe Geschichten dabei, die ich euch erzählen werde. So wie Dadabé, Tina, Prisca und Madame Esther uns Märchen erzählt haben. Über Ratsimilaho und über uns Betsimisaraka, »die Einen, die sich nicht teilen lassen«.

Ich werde dich besuchen, Dadabé. Und dort oben auf dem Hügel, wo du und die Razana wohnen, werde ich dir von Antohomadinika erzählen, während die *Babakoto* sich an den reifen Guavenfrüchten satt fressen.

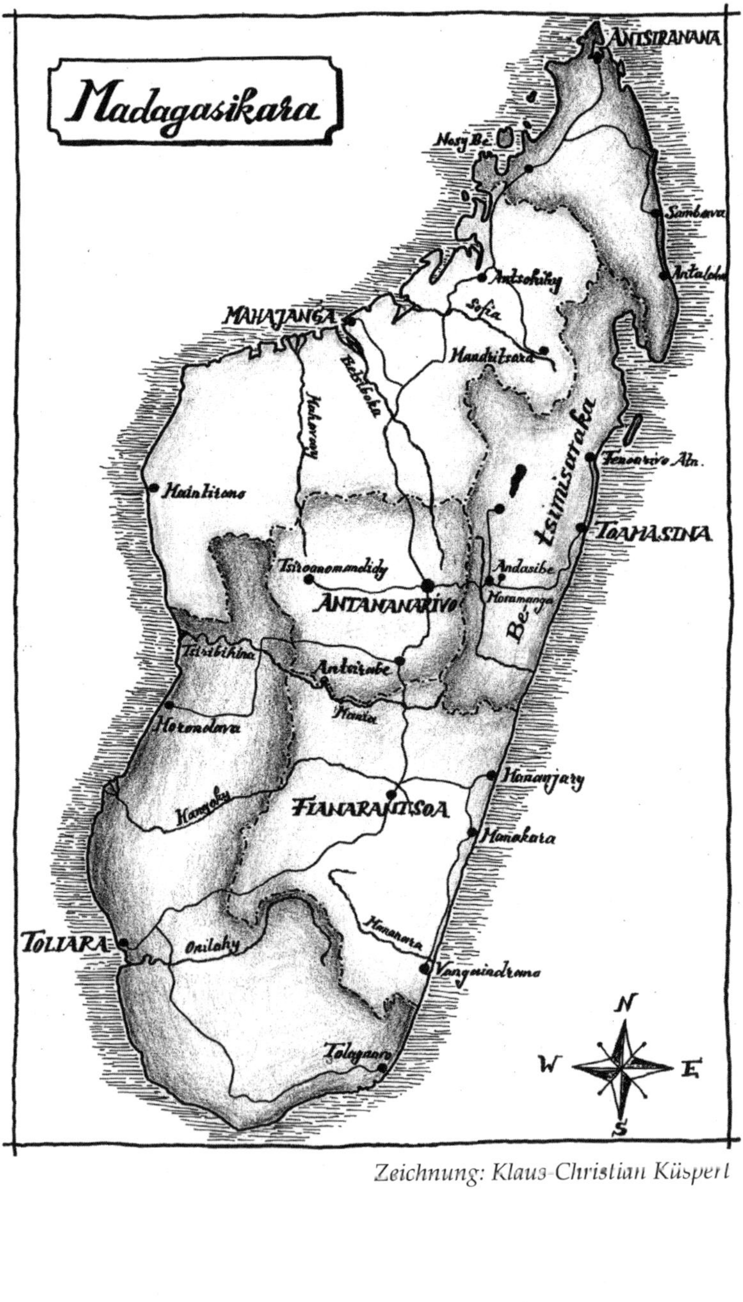

Zeichnung: Klaus-Christian Küspert

1

Der neue Reis sprießt in hellem Grün, und die Bäche entlang der Dämme sind angestiegen. Da heute Sonntag ist, haben fast alle Bewohner aus unserem und den umliegenden Dörfern morgens die Kirche besucht; jetzt am Nachmittag sind viele auf den Feldern. Einige – wie Telovavy und ich – angeln, andere pflanzen Reis oder waschen ihre während der Woche liegen gebliebene Wäsche, die dann auf Steinen, Zweigen und Büschen zum Trocknen ausgebreitet, in bunten Farben in der Sonne leuchtet.

Telovavy und ich haben unsere Bambusangeln dabei. Vater hat mir einen neuen starken Haken geschenkt, den ich am Ende der durchsichtigen Schnur befestigt habe. Ich habe damit zwei handgroße, silbrig glänzende Fische gefangen, jedoch nur halb so viele wie Telovavy mit ihrem alten verrosteten Angelhaken.

Der Wind trägt die Stimmen und das Lachen der Menschen von den Reisfeldern zu uns herüber. Obwohl sie weit weg sind, klingen sie ganz nah, so dass ich manchmal einen Namen ausmachen, ein paar Worte verstehen oder sogar eine Stimme erkennen kann.

Telovavy zeigt auf die drei weißen Reiher, die mit langsamen Flügelschlägen über uns gleiten. Seit Beginn der Regenzeit kommen sie jeden Nachmittag um die gleiche Zeit auf die Felder, bleiben hier bis zur Dämmerung, wo sie mit ihren langen Beinen vorsichtig durch die Reispflanzen staken und dann mit blitzschnellen Bewegungen ihrer langen, spitzen Schnäbel nach Fischen, Fröschen und Insekten schnappen.

Die großen Vögel lassen sich in der Nähe einer Gänsefamilie nieder, die sich ärgerlich und laut schimpfend über sie beschwert.

»Sie suchen sich eben die beste Stelle aus«, lache ich.

»Ich wünschte, ich hätte so gute Augen wie sie«, seufzt Telovavy.

»Hast du deine Brille immer noch nicht wieder gefunden?«

»Ich bin froh, dass ich sie verloren habe!« Telovavy schüttelt heftig den Kopf. »Mit der habe ich doch alles verschwommen gesehen! Und Kopfschmerzen hat die mir auch gemacht!«

Telovavy schielt. Vor ein paar Monaten hat ihr Vater sie zu einem *Dokotera* nach Moramanga, der nächstgrößeren Stadt, die nur in zwei Stunden von uns mit dem *Taxi-Brousse* zu erreichen ist, gebracht. Der Augenarzt hat Telovavy eine viel zu große Brille verschrieben, die sie, obwohl sie sie hinten mit einem Gummiband zusammen gebunden hatte, nach zwei Wochen verloren hat.

»Vielleicht musst du noch einmal zum Arzt«, ich ziehe meine Angel ein und sehe, dass der Köder abgefressen ist.

»Wenn wir wieder Geld haben ...« Telovavy lacht, denn an ihrer Leine zieht es und sie hat wieder einen dicken Fisch dran.

»Das ist ungerecht!«, schimpfe ich. »Wieso beißen sie immer bei dir an?«

»Die mögen mich halt!«, grinst Telovavy, während sie ein Stück Fleisch auf den Haken spießt. »Oder meine Köder ...«

Telovavy und ich sind gleich alt, und wir gehen beide in die dritte Klasse. Früher gab es nur die Schule in Andasibe, wo man auch vier Läden, drei Kirchen, das Gemeindehaus und einen Markt findet. Weil Andasibe aber zu weit weg von den meisten kleineren Dörfern liegt, sind viele Kinder nicht zur Schule gegangen. Deshalb hat die Regierung vor drei Jahren eine neue Grundschule mitten im Wald zwischen den umliegenden Dörfern gebaut. Seitdem gehen auch Telovavy und ich zur Schule.

Telovavys und meine Ahnen kamen vor vielen hundert Jahren von weither aus verschiedenen Ländern; einer von ihnen, Ratsimilaho, schloss verschiedene Volksgruppen zu den Betsimisaraka zusammen, unter denen es Menschen gibt, die so aussehen wie Telovavy und ich, nämlich mit dunkler Haut und krausen Haaren, während andere hellhäutig sind und manche sogar blaue Augen haben. In unserem Land gibt es noch andere Ethnien, wie die aus Afrika stammenden Sakalava, und die Merina, deren Vorfahren aus Asien kamen. Den Merina-Familien in Andasibe gehören die meisten Geschäfte und Marktstände. Mademoiselle Jenny, unsere Lehrerin ist auch eine Merina.

»Wir sollten los.« Telovavy schaut in den Himmel. »*Maizimbava ny vilany,* bald wird es dunkel und wir können den Rand vom Kochtopf nicht mehr sehen.«

Wir ziehen unsere Angeln ein, säubern die Haken, wickeln die Schnur um die Angelstöcke, packen unseren Fang in Plastiktüten und machen uns auf den Weg.

Mit etwas schlechtem Gewissen denke ich an *Niny*, die bestimmt auf mich gewartet hat und inzwischen alleine die Hühner in den Stall getrieben, neues Feuer gemacht und das Abendessen aufgesetzt hat.

Morakondro liegt auf hohen Hügeln und ist von dichtem Wald umgeben. Mit uns wohnen acht weitere Familien im Dorf, von denen drei neu zugezogen sind. Wir ernähren uns von unseren Reis-und Gemüsefeldern, die wir in den Tälern und auf den Hängen angelegt haben.

Vaters Brüder und sein Onkel Randro, die früher auch in Morakondro gelebt haben, sind vor einigen Jahren in große Städte gezogen, wo sie Arbeit gefunden haben. Onkel Velo in Toamasina, Onkel Lengita in Tolagnaro und Vaters Onkel Randro in Antananarivo. Vater hat einmal zu mir gesagt, dass er eines Tages mit uns nach Antananarivo ziehen wird, wo ihm sein Onkel Randro helfen würde Arbeit zu finden. Ich solle aber *Dadabé* nichts davon erzählen, denn er sei zu alt, um das zu verstehen. Ich glaube, dass Dadabé oft daran denkt, dass zwei seiner Söhne und auch sein Bruder Randro nicht bei ihm geblieben sind, und ich werde ihm bestimmt nicht sagen, dass auch Vater nicht in Morakondro bleiben möchte.

»Eines Tages werden sie alle zurück kommen«, hat Dadabé einmal zu mir gesagt. Da waren wir gemeinsam den schmalen, dicht bewachsenen Pfad zum Friedhof unserer Familie, der auf dem höchsten Hügel liegt, hinaufgestiegen. Oben angekommen, hatte Großvater sich auf einen Stein gesetzt und schweigend auf die Gräber geblickt. »Hier ist der Platz, an dem wir alle nach unserem Tode als Razana weiter leben werden«, hatte er nach einer Weile gesagt. »Und hier beten wir zu ihnen.«

Wir hatten eine Weile den Lemuren zugeschaut, die in den Ästen der Guavenbäume hingen und sich an den goldgelben Früchten satt fraßen. Ein bisschen beneidete ich sie, denn beim bloßen Zuschauen lief mir das Wasser im Munde zusammen. Aber da das Obst in der Nähe der Gräber für uns Menschen *Fady* ist, blieb mir nichts anderes übrig, als ihnen beim Essen zuzuschauen.

»Eines Tages werden Velo, Lengita und Randro zurückkommen«, hatte Dadabé unser Schweigen unterbrochen, »und wir werden hier mit ihnen wieder zusammensein.«

2

»Erzähle mir von Moramanga«, bitte ich Telovavy.

»Schon wieder?« Telovavy bleibt stehen und guckt mich etwas ungeduldig an. »Ich habe dir doch alles schon erzählt!«

»Ich möchte da auch mal hin«, vertraue ich ihr an. »Du bist wenigstens schon da gewesen!«

»Ja, wegen meiner Augen!«

»Aber die Stadt«, ich gebe nicht auf. »Wie sieht sie aus?«

»Das habe ich dir auch schon oft gesagt! Dass ich sie nicht mag! Viel zu viele Menschen, Lärm, und es stinkt dort!!«

»Ich weiß«, ich gebe etwas nach. »Aber da gibt es doch bestimmt auch etwas Schönes ...«

»Ich habe nichts Schönes gesehen ... aber geh doch einmal mit deinem *Dada* mit.«

»Immer, wenn ich ihn darum bitte, sagt er ›noch nicht!‹« Ich äffe Vaters Stimme nach. »Ich weiß gar nicht warum ...! Dabei könnte ich ihm beim Verkaufen von Reis und Mamas Stickwaren helfen!«

Von weitem höre ich schon das Klappern von Geschirr, und als ich kurz darauf das kleine Feuer vor unserer Holzhütte flackern sehe, verabschiede ich mich hastig von Telovavy.

Maraina und Toandro laufen mir entgegen, reißen mir den Beutel aus den Händen, holen die Fische heraus und wollen sofort mit dem Grillen beginnen. Doch ich rette meinen Fang vor dem Verbrennen, und mit langen Gesichtern sehen sie mich die Fische wieder in den Plastikbeutel zurückstecken. »Bringt drei lange dünne Äste, ohne die Blätter …« Jetzt hellen sich ihre Mienen wieder auf. »Oja! Um die Fische darauf zu spießen?«, unterbricht Maraina mich, und schon rennen die Jungen Richtung Wald.

Maraina und Toandro sind fünf Jahre alt. Sie heißen nach der Zeit, in der sie am selben Tag auf die Welt kamen: Maraina bedeutet »Morgen« und Toandro »Nachmittag«.

Als unsere kleine Schwester auf die Welt kam, haben ihr die Zwillinge den Namen Piso, »kleine Katze« gegeben. Sie meinten, wenn sie schreit, würde sie genauso klingen wie unsere neu geborenen Kätzchen.

Niny kommt aus der Hütte, guckt mich vorwurfsvoll an, doch als ich ihr die Fische zeige, lächelt sie und drückt mir Piso in die Arme. »Bring Dadabé die Reissuppe … und achte darauf, dass er genug isst!«

Ich hole das Essgeschirr, nehme den kleinen Topf, den Niny zum Abkühlen vom Feuer genommen hat und gehe mit Piso auf dem Rücken zu Großvaters Hütte, die sich neben unserer befindet. Gleich dahinter sind der Bananenhain, die Hühner- und Schweineställe und der Nachtplatz der beiden Zebus. Vor Großvaters Fenster bleibe ich stehen, horche, rufe ihn leise und als ich seinen Willkommensgruß höre, öffne ich sachte die Tür und betrete den dunklen Raum.

Ich stelle das Abendessen auf den Boden neben seinem Lager ab, nehme die Kerze, die sich am Kopfende befindet, taste nach der Streichholzschachtel und mache Licht. Dadabé schaut mich an und lächelt. Sein sonst braunes Gesicht hat eine eher graue Färbung, seine Augen liegen in tiefen Höhlen, seine Haut ist noch runzliger als sonst, fast durchsichtig, und ich kann seine Knochen sehen. Ich nehme den Topfdeckel ab und im selben Moment strömt der Geruch von gekochtem Reis und Gemüse in den Raum.

»Das wird dir schmecken«, ich helfe Dadabé sich aufzusetzen, fülle den Teller mit Suppe und stelle ihn neben ihn auf den Boden. Dann binde ich Piso von meinem Rücken und ziehe sie nach vorne auf meinen Schoß. Die Kerze flackert leicht, und mit großen Augen beobachtet Piso die sich bewegenden Schatten auf den Wänden und an der Decke.

»Danke, mein Kind.« Großvater schiebt die Suppe weit weg, beugt sich zu Piso und streichelt ihr sacht über die Wange.

»Aber du hast ja nur zwei Löffel zu dir genommen!«

»Ich bin satt!«

»Du musst essen, damit du wieder gesund wirst!«

»Ich bin nicht krank.« Dadabé lächelt. »Mir geht es gut.«

»Du bist so dünn geworden ...« Ich spüre, wie mir die Tränen kommen.

»Weil meine Zeit gekommen ist.« Großvater nimmt meine Hand in seine Hand

»Welche Zeit, Dadabé?«

»Hör auf zu weinen!«

Großvater runzelt die Stirn und schaut streng. »Wenn du weinst, wird es für mich schwer sein zu gehen ...«

»Du sollst nicht gehen!«, stoße ich so heftig hervor, dass Piso vor Schreck zusammenzuckt.

»Die Zeit ist wie der Fluss«, sagt Dadabé. »Sie ist immer in Bewegung. Sie hat ihren eigenen Lauf. Du kannst sie nicht aufhalten.«

»Ich will aber, dass alles so bleibt«, antworte ich, »dass du bleibst!«

»Alles ändert sich und das ist gut so.« Großvater hebt seine Stimme. »Ich war einmal so klein wie Piso, so groß wie du und so erwachsen wie dein Vater. Seit langem bin ich nun dein Dadabé, und ich werde das immer für dich bleiben. Ich werde nur bald umziehen ... zu unseren Razana ...«

»Aber dann bist du tot!«

»Das weißt du doch! Dass der Tod kein Ende ist!« Dadabé macht ein strenges und vorwurfsvolles Gesicht. »Er ist ein neuer Anfang! Denn dann werde ich zum Razana, und ich werde heimgehen zu *Zanahary,* wo ich ihm näher sein werde als jetzt.«

»Aber dann bist du nicht mehr da!«

»Als Razana werde ich immer für dich da sein«, versucht Dadabé mich zu beruhigen. »Ich werde auf deine Gebete hören und darauf achten, dass sie auch von den anderen Ahnen erhört werden.«

»Ich will aber, dass du bei uns bleibst!«

»Habe ich dir nicht gesagt, dass man die Zeit nicht aufhalten kann?« Er greift mit einer ungeduldigen Bewegung nach seinem Stock. »Ich werde mich heute Abend zu euch setzen!«

Mit langsamen Schritten gehe ich neben Großvater zu unserem Haus. Vater, der von seinem Freund aus Andasibe zurückgekehrt ist, kommt uns entgegen.

»Ich habe Mangos mitgebracht«, sagt er zu Dadabé. »Die magst du doch besonders gern.«

Niny stellt die Töpfe mit dem fertigen Reis und den Bohnen auf die warme Erde neben das Feuer, kommt dann Dadabé entgegen, begrüßt ihn, fragt ihn nach seinem Befinden und runzelt die Stirn, als ich ihr sage, dass er nur wenig gegessen hat. Vater holt aus der Hütte eine Matte und unser einziges Kissen, bereitet daraus ein Lager und hilft Großvater, sich zu setzen, während die Zwillinge mit ihren blätterlosen Stöcken um uns herumspringen und erst Ruhe geben, als sie mit dem Grillen anfangen können.

Es ist ein schöner Abend. Weil Dadabé heute wieder dabei ist und wir nicht nur Reis mit Bohnen, sondern auch noch Fische und Mangos zum Essen haben.

3

Am Morgen werde ich von den langgezogenen Rufen der Babakoto aufgeweckt. Die Lemuren-Familie, die in der Nähe unseres Dorfes lebt, unterhält sich mit den anderen *Indri*, die ihnen von weit weg und aus verschiedenen Ecken des Waldes antworten. Ich mag die Babakoto; ich mag von ihnen geweckt werden, und wenn ich ihnen im Wald begegne, freue ich mich, weil mir dann die Geschichte über unsere Freundschaft mit ihnen einfällt.

Durch eine Ritze in der Wand fällt ein Streifen Licht in unseren Raum. Meine Geschwister schlafen noch, und von draußen höre ich die leisen Stimmen meiner Eltern.

Als Vater mir gestern Abend mitgeteilt hat, dass ich ihn heute nach Moramanga begleiten darf, war ich so aufgeregt, dass ich lange gebraucht habe um einzuschlafen.

Vorsichtig stehe ich auf, gehe nach draußen und setze mich zu meinen Eltern ans Feuer.

»Du hast lange geschlafen«, Dada grinst. »Ich dachte schon, du hast es dir anders überlegt.«

»Natürlich komme ich mit!« Ich nehme die Tasse Tee entgegen, die Niny mir reicht.

»Dann bin ich ja beruhigt«, schmunzelt er und steht auf. »Die Zebus sind schon angespannt, die Reissäcke aufgeladen, und wenn du ausgetrunken hast, kann es losgehen!«

»Ich bin schon fertig!« Ich trinke hastig einen Schluck Tee, verbrenne mir dabei die Zunge, springe auf und laufe mit Vater zu den weißen Dampf ausatmenden und ungeduldig mit den Augen rollenden Zebus.

»Nicht wahr?«, flüstere ich und streichele ihre Nasen. »Ihr freut euch auch auf die Reise!«

Mutter bringt gekochten Reis, Bananen und den Korb mit den Stickereien.

»Erinnere deinen Vater daran, mir neuen Stoff und Stickgarn zu kaufen«, gibt sie mir mit auf den Weg.

»Das werde ich schon nicht vergessen«, brummt Vater, hilft mir auf die Ladung und setzt sich dann selbst vorne auf das Sitzbrett.

Der Weg von unserem Dorf bis Andasibe führt durch den Wald, über schmale Bäche, vorbei an kleinen Dörfern, Reisfeldern und an verstreut liegenden Köhlerhütten. Da es noch früh am Morgen ist, schlafen die meisten Menschen noch und wir begegnen nur einem Mann, der mit der Axt einen umgefallenen Stamm in kleine Stücke haut. Die dichten Bäume haben den Regen der letzten Wochen aufgefangen, die Waldwege sind fast trocken und die Bäche führen nicht viel Wasser. So kommen wir mit unserem Ochsenkarren schnell und ohne Schwierigkeiten voran.

Von meinem hohen Sitz aus suche ich mit meinen Augen die Äste und Sträucher ab, hoffe, dass ich heute einen der wilden kleinen Wichte entdecke, die im Wald leben sollen.

»Dada, hast du schon mal einen *Kalanoro* gesehen?«, frage ich nach einer Weile.

»Noch nicht«, Vater schüttelt den Kopf. »Sie sind scheu und zeigen sich nur ganz wenigen Menschen.«

»Niny sagt, dass sie manchmal in der Nacht zu uns kommen«, sage ich. »Und dass sie dann gekochten Reis aus unseren Töpfen stehlen.«

»Das ist kein richtiges Stehlen«, belehrt Dada mich. »Weil wir ihnen das erlauben. Wir freuen uns sogar darüber. Sie sind gute Geister. Wenn sie von unserem Reis essen, bringen sie uns Glück.«

»Gibt es sie wirklich?«

»Fast alle Madagassen glauben, dass es sie gibt«, meint Dada und zerstreut damit meine Zweifel.

In Andasibe angekommen, sehe ich, dass inzwischen mehr Leute, vor allem viele Schulkinder, unterwegs sind. Jetzt, wo ich daran denke, tut es mir leid, dass Telovavy heute ohne mich zur Schule gehen wird.

Hinter Andasibe gelangen wir auf eine große breite Straße, die sich wie eine lange grau-glänzende Schlange in Kurven windet. Mit uns sind hier riesige Lastwagen, Taxi-Brousse, schnelle

Autos, Ochsenkarren, Menschen zu Fuß, auf Motorrädern und Fahrrädern unterwegs. Vater hat alle Hände voll zu tun, unseren Wagen auf der Fahrbahn zu halten. Nicht nur die Zebus, sondern auch wir haben Angst vor den dicht hinter uns fahrenden, knatternden, quietschenden und hupenden Fahrzeugen, und da der Gegenverkehr stark ist, dauert es meistens eine Weile, bis sie uns endlich überholen können.

Gegen Mittag und nicht mehr weit von Moramanga biegen wir in einen schmalen Weg ein und kommen nach kurzer Fahrt in Vohitrala, dem »Dorf am Waldhügel« an, wo Dadas Freund Tsiavanga mit seiner Familie lebt. Frau Tsiavanga ist ganz beleidigt, als Vater ihre Einladung zum Essen mit den Worten »wir haben gekochten Reis dabei« ausschlagen will. Auch ihr Mann will nichts von Vaters Ablehnung wissen, und schließlich nehmen wir gemeinsam den von unserer Gastgeberin zubereiteten Reis mit Bohnen zu uns.

4

Obwohl ich schon viel über Moramanga gehört habe, konnte ich mir nie die unzähligen Menschen, Autos, Ochsenkarren und die bunten *Pousse-Pousse,* die sich irgendwie durch die Straßen bewegen, vorstellen. Die Häuser entlang der Hauptstraße sind aus Stein, mit Fenstern aus Glas, und sie sind höher als die höchsten Bäume.

Im Vorbeifahren schaue ich ständig nach beiden Seiten und versuche soviel wie möglich von dem bunten Treiben zu sehen. Aber dann hält Vater unseren Karren in einer belebten Straße an, steigt ab und begrüßt einen Mann, der hinter einem Stand mit Nägeln und Schrauben steht. Sie unterhalten sich eine Weile, und als Vater ihn schließlich bittet, auf unseren Zebukarren und unsere Waren aufzupassen, ist der Mann einverstanden.

Ich folge Vater im Zickzack durch enge laute Gassen, versuche ihn dabei nicht zu verlieren, und doch bleiben meine Füße immer wieder wie von allein vor den farbigen Ständen und Auslagen stehen. Ein Junge bietet laut schreiend Schuhe an, die er paarweise an einer Stange aufgehängt hat. Gleich neben ihm sind schöne Kleider und Unterwäsche ausgestellt, und in der nächsten Gasse gibt es Spielsachen, Rucksäcke und Stoffe.

Wir biegen in einen Weg ein, in dem Lebensmittel angeboten werden. Eine Frau verkauft Hühner und Eier, eine andere stampft hinter ihrem Gemüsestand Maniokblätter, und auf den Verkaufstischen mehrerer Händler stehen Körbe mit Reis, Maismehl, Linsen und Bohnen.

Plötzlich vermischt sich der Marktlärm mit Musik und dem Gesang einer Frau; ich horche, während meine Beine mich zu einem großen Platz tragen, wo das Lied zu einem mit bunten Fähnchen geschmückten Riesenrad gehört. Kinder sitzen in den Sitzen, kreisen durch die Luft, und bis auf ein kleines Mädchen, das weint, lachen alle anderen auf ihrer Rundreise.

»Habe ich dir nicht gesagt, dass du bei mir bleiben sollst?« Erschrocken zucke ich zusammen.

»Ich wollte doch nur …«

»Du willst gar nichts!« Vater packt meinen Arm und zieht mich mit sich.

Mit gesenktem Kopf laufe ich neben ihm her, versuche mit ihm Schritt zu halten; in meinen Ohren aber ist immer noch die Musik.

An einem Stand machen wir schließlich Halt und Vater begrüßt den Händler.

»Ich habe dich schon erwartet, Kamisy«, der Standbesitzer gibt Vater die Hand. »Wie war deine Ernte?«

»Diesmal besser als das letzte Mal.« Dada macht ein zufriedenes Gesicht. »Ich habe vier Säcke Reis für dich dabei.«

Während sie über den Preis verhandeln, schaue ich mir am Nachbarstand aus Gras geflochtene Körbe an, die eine Frau zum Verkauf anbietet. Die sehen genauso aus wie die, die wir in unserem Dorf herstellen, und ich nehme mir vor, das nächste Mal, wenn wir wieder nach Moramanga kommen, von Niny und mir geflochtene Körbe mitzubringen und zu verkaufen.

5

Vater bekommt einen guten Preis für den Reis. Mit einem zufriedenen Lächeln verabschiedet er sich von dem Händler, und zusammen mit dessen Helfer, der die Reissäcke abholen soll, laufen wir zurück zu unserem Karren, wo Vater von dem Mann, der unsere Waren bewacht hat, verschieden große Nägel kauft.

Ich setze mich neben Dada auf die Sitzbank. Da wir keine schweren Reissäcke mehr haben, laufen die Zebus schnell, und ich habe noch weniger Zeit als vorher, mir alles beim Vorbeifahren genauer anzuschauen. Doch bald hält Vater an, nimmt den Korb mit Ninys Stickereien vom Wagen, und gemeinsam betreten wir einen Laden, in dem ein kleiner dicker *Karana* mit Schnurrbart Vater mit den Worten begrüßt, ob er ihm die bestellte Tischdecke mit den bunten Schmetterlingen gebracht hätte, denn seine Kundin hätte schon dreimal danach gefragt.

»Und dazu noch acht passende Servietten!«, antwortet Vater und holt die Stickarbeiten aus dem Korb.

Der Mann schaut sich jedes bestickte Stück genau an, und da er weniger dafür bezahlen will als Vater verlangt, dauert es etwas, bis sie sich einigen. Doch schließlich scheint Vater mit dem Verkaufspreis zufrieden zu sein und sagt, als wir draußen sind, dass jetzt unsere eigenen Einkäufe drankommen. »Doch vorher haben wir noch etwas anderes zu erledigen!« Dabei schaut er mich mit einem geheimnisvollen Lächeln an.

Wir fahren mit dem Zebukarren zu der Musik und Dada kauft mir ein Ticket für das Riesenrad! Ich weiß nicht, ob mein Herz so schnell schlägt, weil ich Angst habe oder weil ich so aufgeregt bin. Es pocht so laut in meinen Ohren, dass ich glaube, dass Vater es hören müsse. »Das wird dir gefallen.« Dada legt seine Hand auf meinen Kopf. »Du brauchst keine Angst zu haben.«

Als sich das Riesenrad in Bewegung setzt, habe ich ein komisches Gefühl im Bauch. Zuerst ist es ein bisschen unangenehm, aber dann wird mir ganz warm und es ist schön. Von oben sieht alles – Häuser, Autos, Ochsenkarren, Menschen und Vater, der mir zuwinkt– ganz klein aus. Der warme Wind streichelt mein Gesicht, ich schließe die Augen und stelle mir vor, dass ich wie ein Vogel über die Stadt fliege.

Doch dann hört das Schlagerlied auf und das Riesenrad hält an. Mit etwas wackligen Beinen steige ich aus meinem Sitz.

»Wir müssen weiter«, Vater nimmt mich an die Hand, »und unsere Besorgungen machen.«

Wir kaufen in verschiedenen Läden Kerzen, Petroleum, Zucker, Tee, Speiseöl, Stoff, Stickgarn und viele andere Sachen.

»Haben wir etwas vergessen?«, fragt Vater mich schließlich.

»Nein, aber …«

»Aber?«, ermuntert er mich.

»Wir könnten Dadabé Tabak mitbringen …«

»Gute Idee«, Dada lächelt. »Großvater wird sich bestimmt darüber freuen!«

Nachdem wir unseren Einkauf auf den Karren geladen haben, schiebt Vater mich in einen Laden: »Und jetzt kommst du dran! Such dir etwas aus«, meint er. »Etwas für die Schule …«

Ein alter Mann mit weißen Haaren und eine junge Frau sitzen hinter dem Ladentisch. Der Alte ist am Essen, während sie einen Kunden bedient. In dem Geschäft gibt es so viele Sachen, dass ich nicht weiß, wo ich zuerst hingucken soll: Rucksäcke, Kleider und Schuluniformen auf Bügeln, bunte Bälle, Puppen, Regale und Schränke mit Heften und Büchern.

Ich gehe zu einem Glaskasten auf Holzbeinen, in dem ich Mäppchen, Schiefertafeln mit Griffel, bunte Radiergummis in Tiergestalten, durchsichtige Anspitzer in verschiedenen Farben, Malbücher, Wasserfarben und unterschiedlich große Packungen mit Buntstiften entdecke.

»Such dir hier was aus«, der Alte zeigt auf eine Ablage, die von den herabhängenden Schuluniformen verdeckt ist. »Was hier liegt, ist nicht so teuer …«

»Sehen wir aus, als hätten wir kein Geld?« Vater klingt verärgert.

»Nein nein!«, wehrt der Mann erschrocken ab. »Die Sachen hier sind herabgesetzt. Weil sie ein wenig beschädigt sind. Ich wollte Sie nur darauf aufmerksam machen …«

Vater schaut etwas grimmig.

»Kaufst du mir einen Bleistift?« Seit langem leihe ich mir den von Telovavy aus.

»Ja, aber keinen abgebrochenen«, sagt Vater mit erhobener Stimme. »Und noch ein kleines Päckchen Buntstifte dazu!«

Weil es schon spät ist, übernachten wir in einem kleinen *Hotely* und essen zum Abend Ninys gekochten Reis mit den Bananen. Obwohl ich müde bin, kann ich lange nicht einschlafen. Ich habe so viel gesehen und erlebt wie nie zuvor! Telovavy wird staunen, wenn ich ihr von dem Riesenrad erzähle.

Immer wieder packe ich meine Stifte aus der Packung und schaue sie mir an. Das nächste Mal, wenn Dada mich mitnimmt, werde ich ihn fragen, ob er mir etwas Papier kauft. Dann werde ich Bilder malen! Viele bunte Bilder!

6

Der Heimweg vergeht irgendwie schneller. Nicht nur, weil wir weniger Ladung haben, sondern weil wir alle, die Zebus eingeschlossen, so schnell wie möglich nach Hause wollen.

Wir sind noch im Wald, als uns Niny, mit Piso auf dem Rücken, entgegenläuft.

»Das ist ja eine Überraschung!«, Vater hält den Wagen an, »dass du uns hier schon empfängst … Oder bilde ich mir zuviel ein, und du suchst in Wirklichkeit Pilze?«

»Dadabé …«, Niny wischt sich mit einem Tuch über das Gesicht. »Dadabé …, er atmet nicht mehr …«, flüstert sie. »Ich habe den *Tangalamena* bereits informiert.«

Benommen sitze ich zwischen Dada und Niny auf dem Wagen und halte in meiner Hand den Beutel Tabak für Großvater. Eben war mein Herz noch froh, doch jetzt ist es so schwer, dass ich es kaum ertragen kann.

»Dadabé ist auf seiner letzten Reise.« Niny legt den Arm um mich. »Du musst ihn gehen lassen.«

»Er wusste, dass er bald zum Razana wird.« Vater versucht mich zu trösten.

»Warum hat er nicht auf mich gewartet?«, schluchze ich. »Ich wollte ihm doch den Tabak geben!«

»Seine Zeit war gekommen«, Vater nimmt mir den Beutel aus der Hand.

»Er hat gesagt, dass der Tod ein neuer Anfang ist.« Ich wische mir mit dem Ärmel über das nasse Gesicht.

»Und er hat dir bestimmt auch gesagt, dass er immer für dich da sein wird?«

»Wenn ich Sorgen habe, soll ich ihm davon erzählen«, flüstere ich. »Er hat mir gesagt, dass er mir dann helfen wird ... als Razana.«

»War er traurig, als er das gesagt hat?«

»Ich war traurig ... ich kann mir das einfach nicht vorstellen, dass er nicht mehr lebt!«

»Das ist für uns alle schwer.« Vater drückt meine Hand. »Aber ich weiß, dass ich ihn nicht mit meiner Trauer zurückhalten darf und dass er immer noch bei mir ist ... so wie er bei dir ist.«

Der Tangalamena, eigentlich heißt er Lezoma, hat sein Amt von seinem Großvater übernommen und der wiederum hat das von seinem Großvater übertragen bekommen. Er kennt die Geschichte jeder Betsimisaraka-Familie unseres und der umliegenden Dörfer und er achtet darauf, dass wir die Gesetze unseres Volkes einhalten. Wenn einer von uns gestorben ist, wird er als erster benachrichtigt, und so kommt es, dass er unser erster Besucher ist.

»*Dada* und Niny sind bei Dadabé«, ich führe den Tangalamena, mit meinen Brüdern im Schlepptau und Piso in den Armen zu Großvaters Haus, »sie waschen ihn ...«

»Das ist gut.« Er schaut uns mit ernsten Augen an. »Wartet hier. Ich sage euch, wann ihr von eurem Großvater Abschied nehmen könnt.«

Wir setzen uns vor den Eingang der Hütte. Piso schläft auf meinem Schoß und meine Brüder drücken sich an mich.

»Ich will zu Dadabé«, schluchzt Maraina plötzlich. Ich lege den Arm um ihn und versuche ihm zu erklären, warum das jetzt nicht geht.

»Aber dann ist er nachher vielleicht nicht mehr da ... er hat gesagt, dass er eine große Reise machen wird ...«

»Er ist noch da drin«, Toandro zeigt auf das Haus. »Er ist noch nicht weg.«

Immer mehr Nachbarn kommen, und bald ist der Platz vor unseren zwei Hütten voller Menschen. Tangalamena tritt wieder heraus und sagt, dass Großvater schon auf dem Weg zu den Razana ist. »Geht rein«, nickt er uns zu. »Noch könnt ihr euch von ihm verabschieden.«

Quer durch den dunklen Raum ist ein Stoff gespannt und davor auf dem Boden sitzen unsere Eltern. Vater bewegt den Vorhang etwas zur Seite, und wir sehen Dadabé auf seinem Lager, eingewickelt in einer weißen *Lambamena.* Auf seinem Gesicht ist ein leichtes Lächeln und er sieht aus, als würde er gleich aufstehen oder mit uns sprechen.

Ich kenne Dadabé, seitdem ich auf der Welt bin. Er war immer da, und wenn ich eine Frage hatte, konnte ich zu ihm gehen. Zu wem soll ich denn jetzt gehen?

»Ich glaube, er schläft«, flüstert Toandro.

»Ja«, nickt Maraina.

»Er sieht nur so aus«, Vater hockt sich zu uns. »Dabei ist er schon unterwegs zu unseren Ahnen. Verabschiedet euch von ihm und wünscht ihm eine gute Reise.«

Ich hole den Beutel Tabak aus dem Knoten in meinem Tuch und lege ihn neben Dadabés Hand.

Als wir aus der Hütte heraustreten, kommt Telovavy auf mich zu, nimmt mich in die Arme, und ich bin froh, dass sie nichts sagt.

Den ganzen Tag kommen Besucher aus den umliegenden Dörfern, um sich von Großvater zu verabschieden. Während Niny, Telovavy und ich sie empfangen, macht Vater sich auf den Weg nach Andasibe, wo er Fleisch und Rum für die Trauerfeier kaufen und von der Post aus seine Brüder und seinen Onkel anrufen will.

»Von Onkel Randro habe ich nur die Adresse«, höre ich ihn zu Niny sagen. »Vielleicht haben Velo oder Lengita eine Telefonnummer, unter der ich ihn erreichen könnte.«

Als er wieder zurück ist, erfahren wir, dass die Leitung nach Tolagnaro kaputt sei und er nur Velo in Toamasina benachrichtigen konnte, der ihm die Nummer von Onkel Randros Nachbarn in Antananarivo gegeben hat. Als Vater da angerufen hat, hat keiner abgenommen, aber Velo wird von dem Hotel, wo er arbeitet, weiter versuchen, Lengita und Onkel Randro telefonisch zu erreichen.

Am nächsten Abend schon kommt Onkel Velo mit seiner Frau und dem jüngsten Kind von der Ostküste angereist. Da er Lengita und Randro nicht erreichen konnte, hat er ihnen von Dadabés Tod geschrieben. »Die Briefe werden sie wohl erst bekommen, wenn die Beerdigung vorbei ist. Aber dann wissen sie wenigstens Bescheid …«

»Wir leben in einer schwierigen Zeit!« Tangalamena schüttelt bedauernd den Kopf. »Früher, wenn ein Verwandter gestorben ist, da kamen alle Angehörigen. Und heute?«, er seufzt und schaut in den Himmel. »Die Leute ziehen weg, hinterlassen Nummern und Namen von Plätzen, die keiner von uns kennt. Das ist so, als würde es sie gar nicht mehr geben … Nur noch Gott weiß, wo sie sind.«

7

Das Fleisch, das Vater am Tag zuvor gekauft hatte, ist inzwischen von den ersten Besuchern aufgegessen worden. Der Tangalamena ist damit einverstanden, dass Vater zunächst eines unserer Schweine für die wachsende Zahl von Trauergästen schlachtet. Als er darauf besteht, dass dann mindestens ein Zebu zu Ehren der Razana geopfert wird, schlägt Onkel Velo vor, dass er und Vater sich die Kosten für den Kauf des Opfertiers teilen.

Gemeinsam gehen sie los und kaufen im Nachbardorf ein Zebu, das die Männer unter der Aufsicht Tangalamenas am Waldrand schlachten, während Niny, unsere Tante und die Nachbarinnen mit Schneiden, Kochen und Braten des Schweinefleischs beschäftigt sind.

Von Dadabé weiß ich, dass wir früher keine Schweine halten und verzehren durften. Als die Razana dieses Fady ausgesprochen hatten, war unsere Familie noch klein gewesen. Doch als sie immer mehr Mitglieder hatte und irgendwann unsere Nahrung knapp wurde, besuchten die Razana eines Nachts Dadabés Großvater im Traum. »Wir wissen, dass ihr nicht genug zu essen habt«, sagten sie zu ihm. »Damit ihr nicht hungern müsst, dürft ihr ab heute Schweinefleisch essen.«

Und so kam es, dass Dadabés Großvater das Fady aufhob.

Vater fordert mich auf, in einem Heft die Namen unserer Gäste und die Art und Menge ihrer mitgebrachten Geschenke – wie Geld, Hühner, Eier, Öl, Reis oder Gemüse – aufzuschreiben. »Damit wir nicht vergessen, was und wieviel wir zum Tode eines Verwandten demjenigen geben müssen, der uns zu unserem Todesfall etwas gebracht hat«, erklärt er mir den Grund. »Denn das, was wir ihm dann geben, muss etwas mehr sein als das, was wir von ihm bekommen haben.«

Während der nächsten drei Tage sitzen die Männer draußen unter einem Baum, reden, schweigen, essen, trinken und empfangen die Besucher, die inzwischen auch aus den entfernteren Dörfern kommen. Die Trauergäste preisen Dadabé, seine Freundschaft, seine Weisheit und Hilfsbereitschaft, und immer wieder loben sie ihn als ihren Lehrer, der ihnen die Geschichte unseres Volkes erzählt hat, damit sie diese an ihre Kinder weitergeben konnten. Zwischendurch stimmen die Frauen Lieder an und wir alle singen zusammen. Die meisten Texte kenne ich aus der Kirche. Als wir das Lied »Dort oben im Himmel«, singen, habe ich das Gefühl, dass Dadabé mich sehen und hören kann.

Am vierten Tag nach seinem Tode, nachdem der Pfarrer die Totenmesse auf unserem Hof gehalten hat, tragen Vater, Onkel Velo und die vier besten Freunde Dadabés den Sarg hinauf zu unserem Friedhof auf dem Hügel. Nur wir, seine nächsten Verwandten, der Priester, Tangalamena und die anderen Sargträger nehmen an der Bestattung teil.

Während wir das ausgehobene Grab umringen, beträufelt Tangalamena die Gräber der Ahnen mit Rum und bittet sie, Dadabé freundlich aufzunehmen. Die Männer senken den Sarg in die Grube, schaufeln Erde drauf, bis sich ein Hügel bildet, auf den wir zum Abschluss jeder eine Handvoll Erde werfen. Nachdem wir alle noch einmal mit dem Pfarrer gebetet haben, empfängt Vater von ihm ein Holzkreuz, das er auf dem neuen Grab anbringt.

Singend kehren wir zurück zu den anderen Trauergästen, die bis zum späten Abend um kleine Feuer sitzen, essen, singen und Geschichten über Dadabés Leben erzählen.

Irgendwann ziehe ich mich in unsere Hütte zurück, schließe die Augen und lausche den leisen Stimmen, die durch die Wände dringen. Es ist noch nicht lange her, da hat Dadabé da draußen gesessen und uns Märchen erzählt. Manche machten mir Angst, weil sie von Ungeheuern und Zauberern handelten. Andere waren lustig. Vor allem die über das schrullige Paar Ranalahy und Ranavavy haben mich manchmal Tränen lachen lassen.

Dadabé war es wichtig, dass wir Kinder die Geschichte vom Ursprung unseres Volkes kennen. Von ihm weiß ich von Ratsimilaho, dem Sohn eines englischen Piraten und seiner madagassischen Frau. Zu seinen Lebzeiten hatte es im Osten unserer Insel viele kleine Clans gegeben, die sich nicht gegen die Überfälle der großen Volksgruppen zur Wehr setzen konnten. Ratsimilaho hatte sie zu den Betsimiraka zusammengeschlossen, und so konnten sich »die Einen, die sich nicht teilen lassen«, denn das bedeutet der Name meines Volkes, gemeinsam gegen die Feinde wehren.

8

Telovavy und ich sind in derselben Unterrichtsgruppe, die wochenweise abwechselnd vormittags oder nachmittags stattfindet. So lange der Reis wächst, arbeite ich nur an den freien halben Tagen zu Hause. Während der Zeit der Pflanzung, Aussaat und der Ernte aber gehen ich und die meisten meiner Klassenkameraden überhaupt nicht zur Schule, denn unsere Eltern brauchen uns dann den ganzen Tag.

Letzte Woche habe ich wegen Dadabés Beerdigung den Vormittagsunterricht versäumt. Ab heute hat unsere Gruppe am Nachmittag Unterricht, und da es auf dem Heimweg dunkel im Wald sein wird, bin ich froh, dass ich mit Telovavy unterwegs sein werde, denn obwohl ich weiß, dass die Kalanoro gute Geister sind, möchte ich ihnen hier nicht alleine begegnen.

Telovavy will wissen, wie es in Moramanga war, und obwohl das erst eine Woche her ist, kommt es mir vor, als wäre inzwischen viel Zeit vergangen.

»Es ist ja auch viel passiert«, Telovavy hakt mich ein. »Meine Mutter sagt immer, das Leben ist nun einmal so … dass traurige und manchmal schreckliche Dinge geschehen. Das kann man nicht verhindern. Sie sagt, dass das Leben weiter …«

»Ich weiß«, ich spüre, wie mir die Tränen kommen, »ich muss mich nur daran gewöhnen, dass mein Leben ohne Dadabé weiter gehen wird …«

»Nicht ganz.« Telovavy bleibt stehen und zeigt auf eine goldgelbe Blume, die im Grün der Blätter eines Strauchs glänzt. Plötzlich bewegen sich die Blütenblätter, breiten sich aus und aus der Blüte wird ein Schmetterling.

»Er ist jetzt dein Razana und immer bei dir.«

Ich schlucke meine Tränen hinunter und schaue dem flatternden Schmetterling nach, bis er im dichten Busch verschwunden ist.

Wir gehen schweigend weiter. Ein Vogel ruft aus der Ferne,

und ganz in unserer Nähe antwortet ihm ein anderer. Die hohen Bäume rauschen sachte und versprühen das Regenwasser, das sich auf ihren Blättern angesammelt hat. Die Erde unter unseren nackten Füßen ist weich und moosig, unterbrochen von dünnen Rinnsalen, die sich ihre eigenen Wege suchen.

»Der Wald ist mein Freund«, erinnere ich mich Dadabé von der Zeit erzählen, in der er sich zusammen mit vielen anderen hier im Wald versteckt hielt. Das war 1947 und Madagaskar war damals eine französische Kolonie. Großvater und viele andere Männer und Frauen hatten sich zusammengeschlossen und kämpften gegen die Franzosen. Als ihr Aufstand niedergeschlagen wurde, wurde nach Dadabé gefahndet. »Ich war damals noch ein junger Mann«, seine Stimme klang wehmütig. »Überall wurde nach mir gesucht. Auch im Wald. Doch der war mein Freund! Er beschützte mich und machte mich unsichtbar vor den Fremden!«

Erst 1960 wurde unser Land unabhängig.

Ich mag den Wald. Ich mag ihn, weil er Dadabé Schutz gegeben hat. Ich mag die Stille im Wald und auch seine Laute. Hier leben die Babakoto, die sich jeden Morgen in der Frühe über weite Strecken miteinander unterhalten. Jedes Mal, wenn ich einen von ihnen auf den hohen Bäumen sehe, freue ich mich.

Ich mag den Geruch der Bäume und Pflanzen. Ich mag die vielen bunten Schmetterlinge. Viele Tiere leben hier, und wenn man nicht genau hinguckt, sieht man sie nicht. Da gibt es Chamäleons mit den Farben von Blättern und Blumen, zwischen denen sie wohnen, das Aye Aye mit den langen dünnen Fingern, die vielen Lemuren und das Fossa, das Jagd auf sie macht.

Der Wald ist voller Überraschungen, und manchmal kommen wir deshalb zu spät zum Unterricht. Wie vor zwei Wochen, als wir die winzige kleine Spinne beobachtet hatten, die ihr großes Netz direkt über unseren Fußweg gewebt hatte. Wir haben ihr zugeschaut, wie sie sich eine kleine Fliege geschnappt hat. Erst als sie sie fast ganz aufgefressen hatte, waren wir weiter gegangen. Weil wir ihr Netz nicht kaputt machen wollten, mussten wir einen kleinen Umweg machen und kamen so zu spät in die Schule.

Madmoiselle Jenny hat ein bisschen geschimpft und wollte wissen, was uns aufgehalten hat.

Da haben wir ihr von der Spinne erzählt.

»Na ja«, sie hat die Augen verdreht. »Was habt ihr dabei gelernt?«

Wir haben wohl ein bisschen dumm geguckt und sie hat gesagt, dass wir zur Strafe aufschreiben sollten, was uns die Spinne gelehrt hat.

»Moramanga hat mir gefallen«, unterbreche ich unser Schweigen. »Aber leben möchte ich da nicht.«

Ich erzähle Telovavy von dem Markt, den Geschäften, den überfüllten Straßen und dem Riesenrad.

»Du hast es gut«, schmollt sie. »Als ich da war, war da kein Riesenrad!«

»Ich habe jetzt auch einen eigenen Bleistift.« Ich öffne meine Stofftasche. »Schau, und Buntstifte habe ich auch!«

Telovavy nimmt den nagelneuen angespitzten Bleistift in die Hand: »Der hat ja sogar ein Radiergummi!« Dann bewundert sie die bunte Packung mit den vielen Malstiften.

»Du kannst sie dir ausleihen.« Ich weiß, dass Telovavy sich schon seit langem Buntstifte wünscht.

»Danke!«, sie steckt die Stifte wieder zurück in meine Tasche, »jetzt brauchen wir nur noch Papier!«

Plötzlich raschelt es in den Zweigen. Wir bleiben stehen und horchen.

»Letzte Woche habe ich hier einen Mausmaki gesehen«, flüstert Telovavy. »Das war am frühen Morgen, auf dem Wege zur Schule. Vielleicht ist er ja noch da.« Telovavy schiebt links unseres Fußweges ein paar Zweige zur Seite, duckt sich und verschwindet im Gebüsch. »Komm!«, höre ich sie flüstern.

»Wir kommen zu spät«, rufe ich ihr mit gedämpfter Stimme hinterher. Als sie nicht antwortet, bahne auch ich mir einen Weg durch die Büsche. Regentropfen fallen von den Blättern auf meinen Nacken, Gesicht und Hände, und ich lecke die auf, die auf meinen Lippen landen.

»Wo bist du?«

»Hier«, Telovavy klingt aufgeregt, »komm endlich!«

Telovavy steht aufrecht vor einem dicht bewachsenen Baum.

»Siehst du ihn?«, jetzt hat auch mich die Aufregung gepackt. Ich stelle mich neben sie und schaue auf das Astloch, auf das sie zeigt. Ein kleiner flauschiger Mauslemur sitzt da drin und schaut mit seinen runden dunklen Augen auf uns herab.

»Ist der niedlich!«, flüstere ich.

»Nicht wahr?« Telovavy hält dem Mausmaki ein Blatt entgegen. Doch der kleine Kerl reagiert nicht. Er fühlt sich sicher in seinem Haus und will von uns nichts haben.

»Er ist müde.« Telovavy wirft das Blatt ins Gebüsch. »Wir lassen ihn lieber schlafen.«

»Und wir sollten rennen«, ich ziehe sie hinter mich her, »sonst müssen wir wieder einen Aufsatz schreiben.«

Wir laufen schnell weiter, und als wir den Schulhoflärm hören, lachen wir beruhigt, da wir jetzt wissen, dass der Unterricht noch nicht angefangen hat.

Auf dem Schulhof ist viel los. Ein paar Kinder spielen mit einem Ball aus Lumpen, andere spielen Fangen oder laufen kreischend hintereinander her. Ein kleiner Junge sitzt auf der Erde und weint. Seine ältere Schwester eilt zu ihm, stellt ihn wieder auf die Beine, klopft ihm den Staub aus der Hose, flüstert ihm etwas zu. Der Kleine nickt und läuft lachend los, hinter einem Mädchen her, das er nun zu fangen versucht.

Wir sind gerade rechtzeitig angekommen: Unsere Lehrer sind schon auf dem Weg zu den flachen Gebäuden, in denen sich die Klassenräume befinden. Die Schulleiterin tritt aus ihrem Büro heraus, geht zu der davor baumelnden Autofelge, und indem sie mit einem Holzknüppel daraufschlägt, läutet sie den Unterricht ein. Sofort hört das Toben auf; wir laufen zu unseren Unterrichtsgebäuden, wo uns unsere Lehrer erwarten und wir uns zunächst in Mädchen- und Jungenreihen aufstellen. Da unsere Klasse mit ihren 85 Schülern die zweitgrößte der ganzen Schule ist, dauert es etwas, bis wir unsere Plätze in den verschiedenen Reihen eingenommen haben.

Die Jüngsten unter uns sind neun, und Kamandy ist mit seinen achtzehn Jahren der Älteste. Ich glaube, es ist ihm peinlich, mit uns jüngeren Kindern die Schulbank zu drücken. Da er uns alle überragt, stellt er sich immer als Letzter in der Jungenreihe auf, was ihm aber nichts nützt, denn er fällt immer auf, egal ob er da ist oder fehlt. Und er fehlt oft. Auch heute ist er nicht da.

Ich mag meine Lehrerin. Sie schimpft selten, und wenn wir etwas nicht verstanden haben, können wir sie immer danach fragen.

»Seid nicht schüchtern«, sagt sie oft, »nur wer Fragen stellt, lernt etwas!«

Unser Klassenraum ist klein und weil wir so viele sind, sitzen wir ganz eng nebeneinander auf den Bänken.

In der ersten Stunde haben wir Geographie. Unsere Lehrerin hält ihr Buch mit der Karte von Madagaskar hoch. Dann schreibt sie auf die Tafel, wie groß unsere Insel ist, den Namen der Hauptstadt, die anderen großen Städte, die Wälder und Flüsse. Wir sollen alles abschreiben, und die, die keine Hefte haben, bekommen von ihr lose Blätter.

»Du hast ja heute einen Bleistift dabei«, lächelt sie mich an, während sie durch unsere Reihen geht.

In der Pause ruft Mademoiselle Jenny mich zu sich.

»Du hast viel Unterricht versäumt«, seufzt sie. »Ich weiß«, fügt sie dazu. »Die Kinder haben mir gesagt, dass dein Dadabé gestorben ist. Das tut mir leid.«

Ich senke den Kopf und schaue auf meine Hände.

»Du bist eine gute Schülerin«, ihre Stimme ist ganz sanft. »Das habe ich für dich aufgeschrieben«, sie holt aus ihrer Tasche ein Bündel beschriftetes Papier. »Der Stoff der letzten Woche. Lies das gut durch und du wirst bald alles aufholen.«

9

Seit Tagen regnet es und immer wieder gibt es heftige Gewitter. An den Regen und selbst an Blitz und Donner habe ich mich gewöhnt. Der Regen ist ganz normal zu dieser Jahreszeit, und wir freuen uns sogar darüber, weil er gut für den Reis ist, den wir zu Beginn der Regenzeit gepflanzt haben.

Doch diesmal ist es anders: Immer wieder schauen die Erwachsenen mit besorgten Blicken in den dunkel gefärbten Himmel, der von gewaltigen Blitzen erleuchtet wird und mit ohrenbetäubendem Donner zu explodieren scheint.

Heute morgen hat Tangalamena jede Familie, auch unsere, im Dorf aufgesucht und uns vor dem *Rivo-doza* gewarnt, der in der kommenden Nacht über uns hinweg ziehen wird. Der Rivo-doza ist ein ganz gewaltiger Sturm, ein Zyklon, der Bäume ausreißen, Häuser zerstören und Menschen und Tiere töten kann.

»Du musst euch vor ihm schützen«, hat der Dorfälteste zu unserem Vater gesagt. »Damit euer Grasdach nicht als erstes davonfliegt, musst du es beschweren.« Tangalamena hat tief Luft geholt und sich auf seinen Stock gestützt. »Euch bleibt nicht viel Zeit! Füllt so viele Säcke wie ihr habt mit Sand und legt diese auf das Dach.«

Dann hat Tangalamena unsere Hütte betreten und auf den Tisch im Vorraum gezeigt. »Es kann sein, dass der Rivo-doza trotz deiner Vorsorge das Dach zerstören wird. Der einzige Platz, der euch vor den herabstürzenden Planken schützen kann, ist der unter eurem Tisch. Damit er nicht einfach vom Sturm davon getragen wird, musst du auch ihn mit Sandsäcken beschweren.«

In diesem Moment reißt der Wind unsere Haustür auf und knallt sie gegen die Wand. »Damit das nicht passieren kann, musst du alle Fensterläden und die Tür mit Nägeln und Seilen festmachen. Und dann bleibt euch nur noch zu warten und zu beten …«

»Gott sei mit euch.« Tangalamena verabschiedet sich von uns. »Verliert keine Zeit! Wenn es losgeht, verlasst nicht die Hütte!

Bleibt unbedingt drinnen!«, schärft er uns ein und geht weiter zum nächsten Haus.

Niny sucht von überall leere Getreidesäcke und wir alle, selbst die Zwillinge, fangen an, sie mit Erde zu füllen. Damit beschwert Dada, so wie Tangalamena es gesagt hat, das Dach und den Tisch. Als nächstes nagelt Vater die Fensterläden zu. Zuletzt kommt die Tür dran. Da unsere Nägel nicht ausreichen, bindet Dada diese mit einem starken Strick zu.

Unterdessen heult draußen der immer stärker werdende Wind, es blitzt und donnert, und es regnet ununterbrochen.

Als in der Nähe ein Blitz einschlägt, kauern wir uns eng umschlungen unter den Tisch und warten. Meine Geschwister weinen und unsere Eltern versuchen, sie zu beruhigen. Ich zittere vor Angst, schließe die Augen, horche auf das lärmende Heulen und Pfeifen des Sturms, der mit Riesenfäusten alles zu zerschlagen scheint, das sich ihm in den Weg stellt. Ich höre das krachende Geräusch auseinander brechender Bäume, schreiende Menschen und immer wieder dazwischen das angstvolle Quieken der Schweine und das Muhen der Zebus.

Der Wind zerrt an unserem Haus, schlägt wütend gegen Tür und Fenster, rüttelt am Dach. Ich habe noch nie eine so große Angst gehabt. Niny ruft Zanahary um seinen Beistand, und auch ich bete.

Plötzlich reißt der Rivo-doza die Tür auf, fegt in unsere Hütte, wirbelt den Hausrat durch die Luft und greift nach uns, die wir uns in Panik aneinanderklammern. »Ich muss sie wieder schließen«, brüllt Vater. Mit vor Schreck geweiteten Augen versucht Niny ihn festzuhalten. Doch Dada befreit sich mit einer heftigen Bewegung aus ihrem Griff und kriecht auf allen Vieren, gegen den Wind ankämpfend, auf den offenen Eingang zu. Es ist wie ein Ringkampf mit einem Ungeheuer, den Vater aber schließlich gewinnt. Er schafft es, die Tür zu schließen und seinen Gegner aus der Hütte zu verbannen: Während der Rivo-doza gegen die Tür drückt, stemmt Dada seinen Körper dagegen. Dabei zieht er die Seile stramm, mit denen er die Tür zuvor gesichert hatte und versucht, sie wieder zu verknoten. Endlich, nach mehreren Versuchen, schafft er es und eilt wieder zurück zu uns.

Doch jetzt greift das Monster mit seinen Riesenpranken nach den Hauswänden und dem Dach. Plötzlich gibt es einen lauten Knall und das Dach bricht krachend über uns zusammen. Das Baby brüllt und wir Kinder klammern uns an Dada und Niny. Neben uns landet einer der schweren Sandsäcke und überall fliegen Planken und Gras durch die Luft.

Doch nun scheint das Ungeheuer zufrieden zu sein. Seine Kraft lässt nach und es zieht sich langsam zurück. Irgendwann herrscht eine unheimliche Stille.

Ich halte die Augen geschlossen und einen Augenblick denke ich sogar, dass ich das alles nur geträumt habe. Aber dann fängt Piso laut an zu weinen und von draußen hören wir die Stimmen unserer Nachbarn.

»Es ist vorbei.« Ninys Stimme zittert. »Es ist vorbei ...«

»Ich will raus!« Maraina versucht, sich aus meinen Armen zu befreien. Doch ich lasse ihn nicht los. Als Dada unter dem Tisch hervorkriecht, zur Tür geht und diese öffnet, ist Maraina nicht mehr zu halten. Er windet sich frei und im nächsten Moment ist er auch schon aus der Hütte.

»Kommt doch!« Nach einer Weile steckt er den Kopf durch die offene Tür. »Der Rivo-doza ist weg!«

Nun trauen auch wir uns hervor. Draußen, im strömenden Regen, treffen wir die anderen aus dem Dorf, die sich so wie wir die Schäden anschauen, die der Sturm angerichtet hat. Mit Schrecken starren wir auf den abgebrochenen Pfeiler in unserer Hauswand. Mit ihm ist ein großer Teil der Wand in sich zusammengesackt. »Wir können froh sein, dass die Wand nicht vollständig eingestürzt ist«, sagt Dada, »sonst würden wir jetzt nicht hier stehen ...«

»Zanahary sei Dank!«, weint Niny.

Ich gehe zu Telovavy und sehe, dass auch ihre Hütte kein Dach mehr hat.

»Das Haus von *Bebe* Vaviroy ist ganz zerstört«, erfahre ich von ihr. »Zum Glück hat sie sich während des Sturms im Haus ihres Sohnes aufgehalten.«

Von unseren Tieren haben nur die zwei Zebus überlebt.

Der Zyklon hat die Bäume des nahen Waldes aus der Erde

gerissen und unser Reisfeld einfach den Hang hinunter gespült. Dort wo Mutter und ich noch vor einigen Tagen die jungen Reispflanzen gepflanzt haben, ist jetzt ein steiler Abhang, der in ein tiefes Loch mündet.

»Zanahary hat unser Dorf beschützt.« Tangalamena schaut gen Himmel. »Wir haben keinen Toten zu betrauern. Und die Hütten bauen wir wieder auf.«

Doch Vater weist auf den gähnenden Abgrund, dort, wo früher unsere Felder waren: »Ich danke Gott, dass meine Familie überlebt hat. Aber wovon soll ich sie ernähren?«

10

Die ersten Tage nach dem Zyklon versuchen wir, alles an Hausrat einzusammeln, was wir finden und noch gebrauchen können. Da unsere Hütte inzwischen fast ganz zusammengebrochen ist, wohnen wir bei Tangalamena.

Dada sagt, dass ihn nichts mehr im Dorf hält und er mit uns nach Antananarivo ziehen wird. »Onkel Randro arbeitet da in einer Textilfabrik«, fügt er hinzu. »Er wird mir dort Arbeit besorgen.«

»Und was ist, wenn du ihn nicht findest?« Niny macht sich Sorgen. »Velo hat ihn doch auch nicht erreicht!«

»Weil das Telefon nicht ging!«, beschwichtigt Dada sie. »Das ist doch nichts Neues … Aber ich habe ja seine Adresse …«

»Wir könnten ein neues Haus bauen!« Niny will nicht weg. »Wir haben hier alles, was wir dazu brauchen, und alle werden uns dabei helfen!«

»Ich bin müde von diesem Leben.« Vaters Entschluss steht fest. »Ich habe es satt hier im Dorf! Ich wollte schon immer fort und bin hier nur wegen Dadabé geblieben … ich will kein Bauer mehr sein. Was haben wir hier? Wir arbeiten hart, und der Ertrag von unseren Feldern reicht oft nicht einmal aus uns zu ernähren!

Ich will in die Stadt und dort Geld verdienen. Du wirst sehen, das wird besser sein für uns alle!«

Niny schlägt vor, dann zu ihrer Schwester nach Mahajanga zu ziehen. Tante Todisoa lebt dort an der Westküste mit ihrem Mann und ihren Kindern.

»Das liegt viel zu weit weg, und die Fahrkarten dorthin sind zu teuer.« Vater lässt nicht mit sich reden. »Die Hauptstadt liegt näher. Wir verkaufen in Moramanga unsere Zebus, haben dann genug Geld für das Taxi-Brousse und für die Zeit, bis ich Arbeit in Antananarivo gefunden habe.«

Als Vater Tangalamena von seinem Vorhaben erzählt, schüttelt der missbilligend den Kopf. »Hast du so wenig Vertrauen zu uns«, seine Stimme klingt streng, »dass du glaubst, wir hier im Dorf würden dich und deine Familie verhungern lassen?«

»Hier ist unsere Heimat und irgendwann werden wir zurückkommen.« Vater ergreift Tangalamenas Hand. »Aber lass uns gehen …«

»Hast du vergessen? Dass das Perlhuhn nur dann dem Hund zum Opfer fällt, wenn es alleine ist …«

»… ich weiß«, fällt Vater ihm ins Wort: »Während der Hund einer Schar von Perlhühnern nichts antut.«

»Dann weißt du, dass du hier im Dorf sicher bist!«

Doch auch Tangalamena kann Vater nicht von seinem Vorhaben abbringen.

Der Gedanke von unserem Dorf fortzugehen, macht mir sowohl Angst als auch ein wenig Freude. Ich versuche nicht daran zu denken, dass ich dann weit weg von Telovavy, Mademoiselle Jenny und meiner Schule sein werde. Doch wenn ich mit den Zwillingen darüber spreche, schwärme ich von Riesenrädern, die es in der Hauptstadt gibt und mit denen wir fast die ganze Welt von oben sehen können. Maraina und Toandro finden diese Aussicht so schön, dass sie bald ihre Spielkameraden mit ihren Erzählungen ganz neidisch auf sich machen.

Am letzten Tag, als ich mich von Telovavy verabschiede, bekomme ich ein ganz schweres Gefühl, und ich habe Mühe, meine Tränen zurückzudrängen. An diesem Tag regnet es. Vater hat unseren mit blauen Bildern bemalten Zebukarren repariert, in dem wir unseren Hausrat, Mangos, Bananen und einen Sack Reis verstaut haben. Oben auf den Bündeln sitzen Niny und die Kleinen, während ich Dada beim Führen der Tiere helfe.

Diese Fahrt nach Moramanga ist ganz anders als die vor drei Wochen, denn immer wieder halten uns vom Rivo-doza ausgerissene und umgestürzte Bäume und Äste auf. Manchmal gelingt es uns, die Stämme beiseite zu räumen, doch meistens sind sie zu schwer, und Vater muss mit der Axt einen neuen Weg frei schlagen. Aus den vormals kleinen Bächen sind Flüsse geworden. Am Satandra-Fluss weigern sich die Tiere weiter zu gehen, und Mutter und die Kleinen müssen mit Dada an das andere Ufer waten, während ich auf Dada warte und aufpasse, dass die verängstigten Zebus nicht umdrehen.

Mit Anschreien, Ziehen und Schieben gelingt es Dada und mir schließlich, die Zebus zu bewegen, den Fluss zu überqueren.

Als ich daran denke, meine Schuhe auszuziehen, ist es schon zu spät. Beide Sohlen haben sich in der Nässe abgelöst und die Riemen sind gerissen. Wütend schleudere ich sie in den Fluss.

Das sind meine einzigen Schuhe gewesen.

Jedes Mal, wenn der Weg steil nach unten verläuft, drängen die Zebus, aus Angst auf der schlammigen Erde auszurutschen, in die seitlichen Büsche. Niny und die Zwillinge müssen dann vom Wagen herunter. Dada hängt sich mit seinem ganzen Körpergewicht hinten an den Karren, während ich die Zebus vorne am Strick halte und zu lenken versuche. Das ist so anstrengend, dass ich gewaltig ins Schwitzen komme und mir der ganze Körper weh tut.

Die Reisfelder, die wir passieren, stehen unter Wasser, und die Menschen, denen wir begegnen, winken uns müde zu. Die Köhler und ihre Familien, die sonst im Wald leben, haben ihre Hütten verlassen.

Endlich gelangen wir auf die große breite Straße, die nach Moramanga führt. Hier gibt es keine umgekippten Stämme mehr, die wir aus dem Wege räumen müssen, nur Lastwagen und Autos, die uns beim Überholen nass spritzen. Aber das ist nicht so schlimm, denn es regnet wieder in Strömen und wir sind sowieso nass.

»Wir müssen bei Tsiavanga übernachten.« Vater treibt die Zebus an. »Bald geht die Sonne unter und in der Dunkelheit können die Autofahrer uns nicht sehen.«

Jedes Mal, wenn wir hinter uns den Lärm eines herannahenden Wagens hören, lenkt er die Zebus an den Straßenrand, und wir halten so lange an, bis wir überholt worden sind.

Als wir die Abzweigung nach Vohitrala erreichen, atmen wir auf. Der Waldweg ist zwar dunkel, voller Löcher und Schlamm, aber dafür sind wir hier sicher vor Fahrzeugen, die uns überrollen könnten.

Im Dorf läuft uns Tsiavanga entgegen »Seid willkommen«, er hilft Niny und den Kindern vom Wagen. »Im Haus ist es fast trocken«, lacht er. »Geht schon rein! Ich helfe Kamisy beim Abladen des Wagens und mit den Zebus.«

Im strömenden Regen laufen wir zu seiner Frau, die uns vor dem Eingang der Hütte erwartet. Drinnen ist es dunkel, warm, und es riecht nach Essen. Ich setze mich mit den Zwillingen auf das große Bett, auf dem das Baby und der kleine Sohn der Familie schlafen.

»Der Rivo-doza hat uns nicht so schwer getroffen wie euch«, höre ich Frau Tsiavanga zu Niny sagen. »Unsere Häuser stehen noch, und das Wasser in den Reisfeldern wird nach ein paar Tagen abfließen.«

Meine Augen fallen zu. Von weit weg höre ich das Geprassel des Regens, Stimmen, einzelne Worte, das Weinen eines Babys und das Klappern von Geschirr.

Der Duft von gekochtem Huhn zieht in meine Nase, weckt meinen hungrigen Magen und mich auf. Ich setze mich auf den Bettrand. Neben mir schläft nur noch Tsiavangas Sohn; alle anderen sitzen auf einer Matte in der Mitte des Raumes und essen.

»Na komm schon!« Frau Tsiavanga lächelt mir ermunternd zu, während sie ihr Baby stillt. »Du musst doch auch hungrig sein!«

Der Reis und die Hühnersuppe stillen meinen Hunger, wärmen meinen Körper, und ich schlafe wieder ein.

11

Die Geräusche des Morgens wecken mich auf, und zuerst glaube ich, dass ich in Morakondro bin. Doch dann fällt mir der gestrige Tag ein, und auch die Rufe der Babakoto können mich nicht beruhigen. Mein Herz fängt an zu klopfen, ich habe Angst und weiß nicht warum.

Die Zwillinge schlafen noch, und durch die Hüttenwand dringt leises Reden. Vorsichtig und um die Zwillinge nicht aufzuwecken, wickele ich mich aus der Decke.

Der Himmel ist blau, die Sonne scheint und die Luft ist kühl. Niny und Frau Tsiavanga sitzen am Feuer und stillen die Babys. Der kleine Sohn Tsiavangas kuschelt sich an seinen Vater. »Wir sind Betsimisaraka«, beschwört Tsiavanga meinen Dada mit leiser, eindringlicher Stimme. »Bleib bei uns! Hier gibt es genug Land, und ich helfe dir, hier ein neues Haus zu bauen und neue Felder anzulegen!«

Ich setze mich zu ihnen und während ich langsam meinen Tee schlürfe, beobachte ich, wie Tsiavanga weiter auf Dada einredet. Doch er hat damit so wenig Glück wie alle anderen und schließlich gibt er auf und begleitet Vater zu der Weide, wo sie die Zebus für unsere Weiterreise einfangen wollen.

Die Zwillinge kommen dazu, frühstücken, und als Vater mit dem Ochsenwagen zurückkehrt, ist er der einzige, der sich auf die Weiterfahrt freut. Schweigend packen wir unsere Sachen zusammen, verabschieden uns von unseren Gastgebern und machen uns auf den Weg durch den Wald in Richtung der großen Teerstraße.

Niny breitet unsere nassen Sachen, in der Hoffnung, dass sie bald trocknen werden, auf dem Karren aus.

In einer Lichtung sammeln wir rote Mausohrenpilze, die zu dieser Jahreszeit überall im Wald wachsen und sehr gut schmecken. Die *Tadinim-boalao* haben ihren Namen, weil sie so aussehen wie winzige schwarz-rote Ohren.

An einer anderen Stelle finden wir einen Baum mit *Soanambo*früchten, von denen wir einen Korb füllen und die gekocht werden wie Maniok.

Hier treffen wir dann auch auf die drei Babakoto, zwei erwachsene Tiere mit ihrem Nachwuchs, die uns aus den Baumwipfeln heraus mit neugierigen Augen beim Früchtesammeln beobachten.

»Sie nehmen Abschied von uns«, flüstert Niny. »Schaut sie euch genau an, denn ihr werdet sie sobald nicht wiedersehen.«

Maraina stellt sich auf die Zehenspitzen und schaut zu ihnen hoch. »*Mandra-pihaona Tompoka*!« und »*Veloma!*« ruft er, und Toandro und ich machen es ihm nach.

Zwei der Indri klettern etwas höher und bald können wir sie nicht mehr sehen, der größte Babakoto jedoch lässt sich von uns nicht erschrecken, springt auf einen niedrigen Ast, beobachtet uns unentwegt, und als wir weiterziehen, springt er von Baumast zu Baumast und begleitet uns so eine Weile. Doch irgendwann bleibt auch er zurück.

Als wir am Nachmittag in Moramanga ankommen, sehen wir, dass es auch hier heftig geregnet haben muss, denn die Fahrbahnen und Wege stehen unter Wasser. Das ist wohl auch der Grund, warum mehr Menschen mit dem Pousse-Pousse unterwegs sind.

Aufgeregt fragen mich die Zwillinge nach dem Riesenrad, das ich ihnen doch zeigen wollte. Aber als wir an dem Platz vorbeikommen, wo es gestanden hatte, muss ich sie enttäuschen, denn außer einer großen Wasserpfütze voller Abfall und einem kleinen Bretterhäuschen ist hier nichts mehr zu sehen.

Eines unserer Zebus lahmt, beide haben an Gewicht verloren und Vater ist froh, als er nach langem Suchen einen Käufer für die Tiere und den Karren findet. Danach besorgt uns Dada Fahrkarten für den nächsten Morgen nach Antananarivo und bringt uns in dem Hotely unter, in dem wir schon vor drei Wochen übernachtet hatten.

Während Niny Reis und die Mausohrenpilze kocht, erinnert Maraina sich an die Begegnung mit den Babakoto, und Toandro möchte wissen, warum es fady ist, den Babakoto zu jagen.

»Aber das weißt du doch«, seufzt Mutter. »Ich habe dir das doch schon so oft erzählt!«

»Wir wollen es aber noch einmal hören«, unterstützt Maraina seinen Zwillingsbruder, und endlich gibt Niny nach und erzählt vom Babakoto:

»Vor langer Zeit lebte der Junge Koto mit seinen Eltern in einem Dorf im Wald, wo sie sich von Waldfrüchten, erjagten Tieren und Reis ernährten. Eines Tages begleitete Koto seinen Vater auf die Pirsch. Nachdem sie den ganzen Morgen kein Jagdglück gehabt hatten, beschloss der Vater, seinen Sohn auf einer Lichtung zurückzulassen. ›Warte hier und bewege dich nicht vom Fleck!‹, schärfte er ihm ein. ›Ich komme gleich wieder.‹

Doch Koto dauerte das Warten zu lange und er entfernte sich von seinem Platz. Weil er Hunger hatte, suchte er die Bäume und Büsche nach essbaren Früchten ab. Plötzlich entdeckte er ein Bienenhaus auf einem Baum. Ihm lief das Wasser im Munde zusammen. ›Hmm‹, sagte er sich. ›Der süße Honig wird mir schmecken!‹ Schnell kletterte er den Stamm hoch, und oben angekommen, langte er mit seiner Hand in den Eingang des Bienenhauses. Doch, oweh! den Bienen gefiel das überhaupt nicht. Sie schwärmten aus ihrem Nest aus, stürzten sich auf den Dieb und stachen wild auf ihn los. Zum Glück saß Koto auf einem dicken Ast, sonst wäre er hinabgstürzt. Er krümmte sich vor Schmerzen, hielt die Hände vor das Gesicht und schrie so laut, dass Babakoto – dem wir erst seitdem diesen Namen gegeben haben – ihn hörte.

Der Indri eilte dem Schrei nach, fand den sich vor Schmerzen krümmenden Koto und wusste sofort, was passiert war. Ganz vorsichtig nahm er Koto in seine Arme und trug ihn vom Baum herunter, legte ihn auf die Erde und bedeckte ihn mit den kühlenden und heilenden Blättern des Waldes.

Als Kotos Vater auf die Lichtung zurückkam, sah er, dass sein Sohn nicht mehr da war. Ihr könnt euch vorstellen, wie sehr er erschrak. Er machte sich heftige Vorwürfe, dass er ihn alleine gelassen hatte.

›Koto!‹, rief er. ›Koto!‹ Dabei folgte er den Spuren, die er im Boden fand.

Plötzlich stand er vor einem Blätterhaufen, aus dem es leise wimmerte.

Schnell fegte er die Blätter zur Seite und endlich fand er seinen Jungen!«

»Hat der Vater sich gefreut?« Toandro macht ein besorgtes Gesicht.

»Natürlich«, versichert Niny ihm. »Aber er hat auch mit ihm geschimpft.«

»Das kommt später«, belehrt Maraina seinen Bruder. »Zuerst hat er sich gefreut, weil er Koto gefunden hat!«

»Genau!« Niny nimmt den Faden wieder auf. »Der Vater sah die roten Punkte und Beulen auf Kotos Armen und Beinen. ›Was ist passiert?‹, wollte er wissen. Koto erzählte ihm von den Bienen und dem großen Indri, der ihn gerettet hatte. ›Er hat mich vom Baum herunter getragen.‹

›Von heute an sollst du Babakoto heißen‹, rief da der Vater in den Wald, so dass alle Indri ihn hören konnten. ›Denn du warst heute ein besserer Vater für meinen Sohn als ich!‹«

»Seitdem ist es uns Betsimisaraka verboten, den Indri zu jagen und zu essen«, fügt Vater hinzu.

Obwohl ich diese Geschichte schon oft gehört habe und sie auch selbst erzählt habe, macht sie mich heute Abend traurig, weil ich weiß, dass ich die Babakoto so bald nicht wiedersehen werde.

12

Wir schauen zu, wie der Fahrer und sein Helfer Koffer, Bündel, Bananenstauden, ein Schaf, einen Korb mit Hühnern und zwei Enten auf dem Dach des Kleinbusses festbinden. Als sie endlich alles oben verstaut haben, fordern sie uns und die anderen Fahrgäste auf einzusteigen.

Es ist das erste Mal, dass ich in einem Auto fahre, und am Anfang ist mir ganz schwindelig. Vor allem in den Kurven habe ich Angst, so wie Niny, die Piso ganz fest an sich drückt. Maraina und Toandro aber finden es lustig, wenn der Wagen in den Kurven schaukelt, und Dada scheint sich überhaupt keine Sorgen zu machen, denn er schaut die ganze Zeit zufrieden aus dem Fenster.

Als wir endlich in Antananarivo ankommen, ist es Nachmittag und noch hell. Die Busstation ist voller Menschen und Taxi-Brousse, und damit die Reisenden wissen, wohin diese fahren, brüllen junge Männer die Namen ihrer Zielorte in die Menge.

Der Lärm, die vielen kreuz und quer laufenden Menschen, das ganze Geschehen um uns herum hält uns auf, und es dauert eine Weile, bis Dada sich mit uns in den Strom der Fußgänger einzureihen wagt.

»Wo gehen wir hin?«, frage ich Niny. Doch sie kneift die Lippen zusammen und antwortet nicht.

Als ein Junge mit gekochten Eiern vorbei läuft, knurrt mir der Magen. »Ich habe Hunger«, quengelt Toandro. Dada nimmt ihn auf den Arm und spricht leise mit ihm, bis er Ruhe gibt. Ich packe Marainas Hand und wir folgen unseren Eltern.

Wir ziehen lange mit unseren Bündeln durch die Hauptstadt. Niny trägt Piso auf dem Rücken, Dada Toandro auf dem Arm, und ich führe Maraina an der Hand.

Die unzähligen, dicht aufeinander folgenden Autos und die mit Lasten beladenen Pousse-Pousse lassen uns und den anderen Fußgängern in den engen kurvenreichen Straßen kaum Platz. Aber auch die laute und breite Straße, die wir irgendwann entlanglaufen, macht uns Angst und veranlasst Niny, uns immer wieder vor den Autos zu warnen: »Sie sind so schnell!«

Unser Weg führt an einem großen Park mit Rasen und hohen Bäumen vorbei. Drumherum ist eine Mauer aus Gittern, und deswegen sind keine Menschen in dem Park.

Von der Innenstadt führen viele schmale und breite Treppen nach oben. Wir laufen eine hoch, und oben angekommen blicken wir auf die dicht bebauten Hügel von Antananarivo. Aus der Ferne wirken die Häuser so, als würden sie auf- und übereinander klettern. In den Tälern aber sieht man grüne Reisfelder, und dazwischen blitzt das Blau kleiner Seen.

Von hier oben schauen wir auch auf die *Rova*, den alten Palast der Königin, die vor langer Zeit über unser Land geherrscht hat.

In dieser Nacht schlafen wir in einem Hotely, das einer kleinen rundlichen Frau gehört. Dass sie eine Merina ist, erkenne ich an ihrer hellen Haut und ihren glatten schwarzen Haaren, die sie sich zu einem dicken Zopf geflochten hat.

»Man hört gleich, dass ihr Betsimisaraka seid.« Auch sie weiß sofort, zu welcher Volksgruppe wir gehören. »Was führt euch nach Tana?«

»Wir wollen Verwandte besuchen.« Vater holt einen Zettel aus seiner Hosentasche und fragt sie nach dem Stadtteil, in dem Onkel Randro wohnen soll.

»Das ist Richtung Flughafen«, antwortet sie nach einer Weile. »Da kann man mit dem Bus hin fahren … aber so genau weiß ich das nicht …«

Als wir am nächsten Morgen aufwachen, ist Dada schon fort. Wir setzen uns zunächst auf die Stufen vor dem Hotely, gehen aber bald, nachdem unsere Wirtin uns von dort weggeschickt hat, auf die Straße, wo wir uns hierhin und dorthin setzen, die anderen Passanten beobachten und ständig Ausschau nach Dada halten. Zur Mittagszeit gehen wir wieder zurück in unser Hotely, wo Niny für uns Reis mit Soanambofrüchten kocht.

In der Nacht, wir Kinder schlafen in dem einzigen Bett, werde ich davon wach, wie Niny die Tür öffnet, Dada leise begrüßt und ihm den Teller mit dem Essen gibt, das sie für ihn aufgehoben hat.

Nachdem Vater gegessen hat, flüstern sie noch eine Weile und dann legen sie sich auf den Boden zum Schlafen.

Die nächsten Tage verlaufen ähnlich. Vater sucht Onkel Randro und wir warten auf ihn. Irgendwann aber haben wir keine Lebensmittel mehr, und Niny kauft auf einem kleinen Markt an der Straße Reis und Gemüse für uns.

Schließlich findet Dada den Platz, wo Onkels Haus gestanden hat. »Das ist inzwischen eine Baustelle«, höre ich ihn am Abend mit bedrückter Stimme sagen. »Der Besitzer des Grundstücks hat die Häuser abreißen lassen, und jetzt wird dort eine Tankstelle gebaut.«

»Und wo sind Randro, seine Familie und all die anderen Leute, die dort gelebt hatten?«, will Niny wissen.

»Sie sind fortgezogen.« Vater räuspert sich. »Niemand weiß, wo Onkel jetzt lebt ...«

In dieser Nacht streiten sich meine Eltern.

»Wir hätten im Dorf bleiben sollen«, höre ich Niny sagen. »Tangalamena und die anderen hätten uns geholfen!«

»Wir hatten doch nichts mehr«, verteidigt Dada sich. »Ich konnte doch nicht wissen, dass Onkel umgezogen ist.«

»Hast du wenigstens Velo erreicht?«

»Die Telefonleitungen nach Toamasina funktionieren nicht ...«

»Lass uns wieder zurückkehren!«

»Das machen wir nicht!« Vater klingt so wütend, wie ich ihn noch nie zuvor gehört habe. »Wir bleiben hier! Ich werde auch ohne Onkel Randro eine Arbeit finden.«

»Und wo willst du die finden?« Auch Mama ist jetzt zornig und die Kleinen wachen von den lauten Stimmen auf.

»Schweig!« Dada steht auf und nimmt Piso in die Arme. »Kannst du nicht endlich Ruhe geben? Schau, was du angerichtet hast! Mit deinem Gekeife hast du die Kinder aufgeweckt!«

Ich habe meine Eltern noch nie so streiten hören.

Am nächsten Morgen zählen unsere Eltern das restliche Geld, und danach ziehen wir aus dem Hotely aus. Unser Weg führt uns quer durch die Innenstadt, wo wir uns schließlich auf der breiten Treppe, die wir schon an unserem ersten Tag in Antananarivo hochgestiegen waren, ausruhen. Viele Bettler sitzen auf der Treppe, Kinder toben herum und betteln ebenfalls, und Straßenhändler bieten laut ihre Waren an, die sie auf den Stufen ausgebreitet haben.

Ich glaube, dass der Aufgang viele hundert Jahre alt ist. An seinen beiden Seiten befinden sich Gebäude, in denen Leute wohnen und arbeiten. Davor sind Verkaufsstände und Buden, in denen vor allem Trommeln, Musikinstrumente und alle möglichen Handwerkssachen angeboten werden. Ich habe noch nie soviele *Vazaha* gesehen wie hier.

Bevor Vater wieder fortgeht, kauft er uns bei einer Frau gekochten Reis mit Bohnen und sagt, dass wir hier auf dieser Treppe auf ihn warten sollen.

Als es dunkel wird und Dada noch immer nicht zurück ist, breitet Niny unsere Decken aus und wir legen uns zum Schlafen hin, so wie all die anderen Leute, die hier tagsüber gebettelt oder ihre Waren verkauft haben.

Ich horche auf die Geräusche. Manche, wie das Schnarchen oder Husten der Schlafenden, kenne ich ja, aber andere Laute sind unheimlich und machen mir Angst, denn ich weiß nicht, ob sie von Menschen, Tieren oder von bösen Nachtgeistern stammen.

Toandro weint. Er hat sich im Schlaf nass gemacht. Niny deckt ihn zu und versucht ihn mit leiser Stimme zu beruhigen. Jetzt wacht Maraina auf und sagt, dass er pinkeln muss. Ich gehe mit ihm die Treppen hinunter und Maraina hockt sich zwischen zwei parkende Autos.

Mitten in der Nacht werden wir durch lauten Lärm aufgeschreckt: Zwei Männer prügeln sich unten auf der Straße. Alle werden wach und die Kinder fangen an zu weinen.

»Warum ist Vater nicht hier?«, frage ich mich und ärgere mich über ihn.

Dada taucht erst am nächsten Morgen wieder auf. Er sagt nicht, wo er gewesen ist, und Niny fragt ihn nicht danach. Als ich ihm von der Prügelei erzähle, meint er, dass wir einen anderen Platz suchen müssen: »Hier ist es zu gefährlich.«

13

Ich schließe die Augen und sehe mich in dem Riesenrad in Moramanga sitzen. Der warme Wind spielt mit meinen Haaren; ich höre Musik und sehe den bunten kleinen Vogel über Dächer, Straßen und Hügel fliegen. Er ist glücklich und froh, sein Schrei eilt ihm voraus, sein Gefieder glänzt in der Sonne, seine Farben sind von weitem sichtbar.

Der kleine Vogel bin ich.

Ein lautes Hupen schreckt mich auf. Vor uns auf der Straße drängen sich unzählige Autos, aus deren Hinterteilen schwarze stinkige Wolken quellen. Menschen laufen mit eiligen Schritten vorbei, Straßenhändler bieten schreiend ihre Waren an.

Mutter und die Kleinen liegen zusammengekauert unter einer Decke. Sie schlafen noch und Vater ist bereits fort.

Ich mache die Augen zu, will wieder der kleine Vogel sein, der ich eben noch war. Aber er ist schon längst fort. Ich bin Tody. In meinem Kopf hämmert es, mein Mund ist ganz trocken und mein Magen ist ein tiefes, leeres Loch.

Am liebsten möchte ich zurück zu unserem Dorf. Doch Dada sagt, dass das nicht geht. Morakondro ist weit weg von hier.

Ich zähle die Tage an den Fingern ab und weiß dabei, dass diese schon längst nicht mehr ausreichen, denn inzwischen sind es Wochen, die wir in Antananarivo leben.

Jemand zupft mich am Haar. »Tody, wach auf!«, höre ich Marainas helle Stimme an meinem Ohr. »Ich habe Hunger!«

Toandro kuschelt sich an mich, kneift die Augen zusammen, zeigt, dass er weiter schlafen möchte.

Ich setze mich auf, reibe die Augen und gähne. Maraina drängt sich auf meinen Schoß, nimmt mein Gesicht in seine kleinen Hände und guckt mich mit großen Augen an. »Was machen wir jetzt?« Er guckt so witzig, dass ich lachen muss.

»Wir könnten noch ein bisschen liegen bleiben«, schlage ich vor.

Maraina schüttelt den Kopf und sagt entschieden »Nein! Nicht schlafen!«

Seit unserer ersten Nacht auf der Treppe wohnen wir in dieser Straße, die in den Nächten hell erleuchtet ist und sich in der Nähe eines großen Hotels befindet. Mit uns lagern hier noch andere Familien. Die meisten sind Bettler, andere verkaufen Postkarten und Vanillestangen an Touristen.

Wenn es Abend wird, drängen wir uns alle unter unsere Decken und Tücher und versuchen zu schlafen. Tagsüber scheint fast immer die Sonne und es ist warm, doch in den Nächten regnet es oft und es ist kalt. Dann ziehen wir um und suchen Schutz in den nahen Ladeneingängen. Die meisten Nachtwächter der Geschäfte haben Mitleid mit uns und verscheuchen uns nicht. Doch bevor die Stadt erwacht, wecken sie uns auf und wir legen uns wieder auf den Bürgersteig.

Nicht weit von hier gibt es einen öffentlichen Wasserhahn, den viele Leute benutzen. Er steht frei auf dem Bürgersteig, und wir können uns beim Waschen nicht ausziehen.

Hier trinken wir Wasser und waschen uns und unsere Kleider so gut wir können.

»Tody, ich muss mal!« Toandro ist aufgestanden und umschlingt mich mit seinen kleinen Ärmchen: »Ich habe Durst und ich muss pinkeln!«

»Tody, komm!« Er zieht mich am Arm.

»Kannst du nicht ein bisschen warten?«, stöhne ich.

Um uns herum wird es unruhig. Auch die Kinder der anderen Familien sind wach. Ein Baby weint, und ich höre Niny husten.

»Guck da!«, plötzlich lässt Toandro mich los und zeigt auf einen Mann, der mit Anzug und einer schwarzen Tasche eilig an uns vorbeiläuft. Maraina und zwei andere Jungen springen sofort auf, laufen ihm hinterher, strecken ihm ihre Hände entgegen, vergeblich, denn der Mann beachtet sie nicht, reagiert nicht, tut so, als seien sie Luft für ihn.

»Maraina, komm zurück!«, rufe ich ihm zu.

»Wo ist Dada?« Maraina kann einfach keine Ruhe geben. Dabei weiß er ganz genau, wo unser Vater ist. Jeden Morgen in der Frühe, wenn es noch dunkel ist, geht er zusammen mit anderen Männern und Frauen zu einem Platz, wo große Lastwagen Müll ausladen. Dort suchen sie nach leeren Dosen, Plastikflaschen, Nägeln, Joghurtbechern und allem möglichen, was sie wieder verkaufen können.

»Dada kommt später«, versucht Niny die Jungen zu beruhigen. »Dann hat er bestimmt etwas zu Essen für uns.«

Immer mehr Menschen laufen vorbei, und immer mehr Autos rollen durch unsere Straße.

Ich fahre mir mit den Fingern durch die zerzausten Haare und binde sie hinten zusammen. »Wir gehen zur Toilette und dann zur Wasserstelle«, sage ich zu Mama, und sie gibt mir eine leere Flasche mit, die ich ihr mit Wasser füllen soll.

Gleich am ersten Tag hat uns eine Frau gezeigt, wo sich die öffentliche Toilette befindet. Weil die aber zu weit weg ist, benutzen viele Frauen und Kinder einen Platz hinter einem orangenen Müllcontainer, der in der Nähe steht. Drumherum liegen Steine, Scherben und Abfälle. Hier können wir uns unbeobachtet von den Passanten und Autofahrern hinhocken. Männer kommen nicht hierher.

Schon von weitem weht uns der Wind den Gestank entgegen, und als wir uns hinter dem Container verkriechen, muss ich die Luft anhalten. Doch das kann ich nicht lange, und als ich wieder atme, wird mir ganz schlecht. Ich bin froh, denn diesmal sind wir allein. Ich hocke mich etwas weiter weg von meinen Brüdern. Als eine alte Bettlerin dazu kommt, stehe ich hastig auf.

Die Jungen lassen sich durch sie nicht stören. Sie plappern und lachen und hören erst damit auf, als ich sie anschreie und sage, dass sie sich beeilen sollen.

Als sie endlich fertig sind, laufen wir zum Wasserhahn. Hier trinken wir uns satt, waschen uns Gesichter, Hände und Füße, und ich fülle die Flasche für Niny.

Auf dem Rückweg kommen uns fünf Frauen, die mit uns auf dem Bürgersteig leben, auf ihrem Weg zum Hotel Colbert entgegen, wo sie Postkarten und Vanillestangen verkaufen und die reichen Vazaha anbetteln, die hier wohnen.

»Mit einem Säugling auf dem Rücken bekommt man viel Geld zusammen«, hatte eine von ihnen gleich an einem unserer ersten Tage zu Niny gemeint. »Gib mir deine Kleine und ich gebe dir nachher etwas von meinen Einnahmen ab.« Aber Niny hatte entrüstet mit dem Kopf geschüttelt. »Ich will doch nicht, dass sie Piso kneift!«, hat sie mir später erklärt. »Das macht sie nämlich mit den Babys, die sie sich ausleiht. Sie bringt sie so zum Weinen, und die Leute, die sie anbettelt, geben ihr aus Mitleid Geld.«

Von wem die Frau das Baby wohl »ausgeliehen« hat, das sie heute auf dem Rücken trägt?

Niny drückt ihr Tuch vors Gesicht und hustet. Ich knie mich

zu ihr, gebe ihr die Wasserflasche und nehme meine kleine Schwester, die auf Ninys Schoß liegt, in die Arme.

Zuerst war Niny dagegen, dass auch wir betteln. Aber als unser Geld ausgegangen war und unser Hunger zu groß wurde, hat sie schließlich nachgegeben.

Ich binde mir Piso auf den Rücken und schaue Mama an.

»Geht schon«, sagt sie mit heiserer Stimme.

Maraina und Toandro springen auf und wir machen uns ebenfalls auf den Weg zum Colbert, das sich eine Straße weiter von unserer Schlafstelle befindet.

Viele Leute in der Stadt sprechen nicht nur Madagassisch, sondern auch Französisch. Das kommt daher, weil Madagaskar früher eine französische Kolonie gewesen ist.

Ich wollte, ich könnte auch diese Sprache sprechen. Dann könnte ich mit den Vazaha, die im Colbert wohnen, reden.

Das Colbert ist tausendmal so groß wie ein Hotely! Es ist riesig, mit vielen Stockwerken, mit unzähligen Fenstern, die in der Sonne glänzen, und mit einem Eingang aus Glas, der überdacht ist, und auf dem Boden davor, also auf der Straße, liegt ein roter Teppich. Vor der Glastür stehen Töpfe mit bunten Blumen und Männer in Uniformen, die aufpassen, dass kein Unbefugter in das Hotel reingeht. Und trotzdem habe ich es einmal geschafft – ich wollte durchschauen und sehen, wie es drinnen aussieht – ganz nah an die Glastür zu kommen. Da öffnete sich die durchsichtige Tür in der Mitte, wie Flügel und von ganz alleine. Ich zuckte richtig zusammen, und einer der Wächter hat über mein erschrockenes Gesicht gelacht. Aber dann haben er und sein Kollege mich doch weggescheucht.

Maraina rennt einer weißen Frau hinterher, die aus dem Hotel gekommen ist. Sie ist groß, hat gelbe Haare, und über der Schulter trägt sie eine schwarz glänzende Tasche. Maraina streckt ihr seine Handfläche entgegen und redet ununterbrochen auf sie ein. Sie geht mit eiligen Schritten, versucht Maraina nicht zu beachten, und ich muss lachen, weil ich meinen kleinen Bruder kenne und weiß, dass er sich nicht so schnell abschütteln lassen wird. Unbeirrt läuft er bettelnd neben ihr her, versucht mit ihr Schritt zu halten.

Plötzlich bleibt sie stehen, spricht mit ihm, öffnet ihre Tasche und legt ihm etwas auf die Hand. Maraina strahlt sie an und läuft dann lachend, mit nach oben gestreckter Faust, zu uns.

Sie hat ihm eine kleine Tafel Schokolade gegeben. Die ist umwickelt mit zwei Lagen Papier, und eine davon ist aus Silber. Ich teile die süße braune Masse zwischen Maraina, Piso und Toandro auf, lecke mir die klebrigen Finger und schaue ihnen zu, wie sie die Schokolade auf der Zunge zergehen lassen.

Maraina hat keine Angst vor fremden Leuten, und manchmal ist er sogar mutiger als ich. Toandro bettelt nur, wenn Maraina oder ich dabei sind.

Zusammen mit den Zwillingen und mit Piso auf dem Rücken erbetteln wir uns insgesamt siebenhundertzwanzig *Ariary*.

Wir gehen zurück zu Niny und sehen, dass Dada wieder da ist und sich neben sie, eingewickelt in eine der Decken, gelegt hat. »Euer Vater muss jetzt schlafen.« Niny zählt das Geld und gibt mir davon vierhundertfünfzig Ariary zurück. »Geh damit zu Andry und kaufe neun *Mofo gasy* von ihm.«

Andry haben wir in den ersten Tagen in Tana kennengelernt. Er hat lustige Augen, und jedes Mal, wenn wir von ihm die süßen Reiskuchen kaufen, gibt er uns noch etwas dazu. So bekomme ich heute von ihm zehn Mofo gasy für den Preis von neun.

14

Es ist noch dunkel, als Niny mich aufweckt und mir die schlafende Piso in die Arme legt. »Ich gehe mit auf die Müllhalde«, flüstert sie. »Pass auf die Kinder auf.« Sie greift unter meine Decke und holt sich die Sandalen, die ich mit ihr teile.

Ich nicke, lege mich mit Piso wieder hin und kann doch nicht mehr einschlafen. Hinter meinen Augen tauchen Bilder auf, hinter meiner Stirn jagen sich Worte, mein Herz klopft ganz schnell und ich habe Angst, dass es aufhört zu schlagen.

Das darf nicht passieren! Ich muss aufpassen. Ich bin die Älteste.

Piso hustet. Ruhig … kleine Schwester … Schlaf weiter … Mama ist bald wieder da … Schlaf weiter.

Ein Auto knattert vorbei, weckt Toandro auf, der verschlafen aufschaut, mich mit Piso sieht und nach Niny fragt.

»Sie ist mit Papa arbeiten gegangen«, sage ich und versuche dabei besonders ruhig zu wirken. »Ich will aber Mama …« Toandro weint und weckt nun mit seinem Geheule Maraina und Piso auf, die nichts Besseres zu tun haben, als mitzuheulen. Dadurch wachen nun alle anderen Kinder auf und ihre Mütter werfen mir böse Blicke zu. Ich habe alle Hände voll zu tun, um sie gleichzeitig zu beruhigen, und bin froh, dass Niny mir eine Plastikflasche mit Milch und eine in Zeitungspapier eingewickelte Stange Brot dagelassen hat.

Hastig reiße ich das Brot auseinander, drücke jedem der Zwillinge ein großes Stück in die Hand, stecke ein Eckchen in Pisos Mund und gebe ihnen von der Milch zu trinken.

Doch lange bleibt es nicht ruhig, denn zwei der Frauen, die mit uns die Schlafstraße teilen, streiten sich mit schrillen Stimmen. Die eine sagt, dass die andere ihr Geld gestohlen hätte. Die wiederum lacht hämisch und droht mit ihren Fäusten. Manche Leute, die vorbeigehen, schütteln die Köpfe, andere lächeln verächtlich, und ich weiß nicht, wieso ich mich schäme.

Ich hasse es hier zu sein! Ich will wieder in Morakondro leben, mit Telovavy durch den Wald laufen und Mutter auf dem Reisfeld helfen. Ich will wieder in einem Haus wohnen und nicht auf der Straße. Ich will mich und meine Haare im nahen Bach waschen. Ich will wieder in die Schule gehen. Warum hat Vater uns in diese Stadt gebracht? Es ist doch nicht wahr, dass es uns hier besser geht als in unserem Dorf.

Ich beiße die Lippen zusammen. »Du bist eine schlechte Tochter!«, schimpfe ich innerlich mit mir. »Du hast ja gar keinen Respekt mehr vor deinem Vater!«

»Er hat gelogen!«, schreit es wieder in mir.

Die Wut ist stark, brennt wie Feuer und macht mir Angst. Am liebsten möchte ich schreien. Ich senke den Kopf, will nicht, dass andere den Zorn in meinen Augen sehen, ich will, dass das Feuer in mir aufhört zu brennen.

»Schäm dich!«, sage ich mir. »Vater schläft wegen uns keine Nacht!«

Mein Blick fällt auf Piso, die auf meinem Schoß liegt, an ihrer Hand nuckelt und dabei glucksende Geräusche macht. Maraina und Toandro spielen mit drei anderen kleinen Jungen am Straßenrand. Vor sich haben sie einen Haufen glänzender Flaschenverschlüsse, mit denen sie ein Dorf aufbauen, in dem die Cola-Deckel Menschen mit Namen und die anderen Verschlüsse Häuser, Bäume und Tiere darstellen.

Plötzlich springt eine Frau hastig auf, schnappt sich ihre Kinder und eilt mit schnellen Schritten davon. Eine der Postkartenverkäuferrinnen ruft laut nach ihrer Tochter, und die drei, die eben noch mit meinen Brüdern gespielt hatten, sind verschwunden. Beim Anblick der Polizisten, die aus einem grünen Bus aussteigen, wird mir ganz heiß vor Angst; mir fallen die Erzählungen über die Polizei ein, die immer wieder Obdachlose und Bettler einsammelt, sie mit Lastwagen aus der Stadt befördert, um sie irgendwo weit weg von der Stadt auszusetzen.

»Maraina! Toandro!« Eilig sammele ich soviel von unseren Sachen zusammen wie ich kann und klemme mir Piso unter den Arm. »Wir müssen hier weg!« Ich zeige auf die uniformierten Männer. »Nehmt die Decken! ... Schnell!«

Die Jungen fragen ausnahmsweise nicht weiter, und im nächsten Augenblick laufen wir um den Häuserblock in einen schmalen Weg, der einen Abhang hinunterführt und an dessen Ende sich ein überdachter Parkplatz befindet. Als ich mich hier vor ein paar Tagen während eines heftigen Regenschauers untergestellt hatte, hatte der Wächter weggesehen und beim Fortgehen hatte er mir freundlich zugenickt.

Enttäuscht stelle ich fest, dass heute ein anderer den Parkplatz bewacht. Wir ducken uns hinter einem großen weißen Wagen und werden doch bald von dem Mann in der blauen Uniform entdeckt.

»Was ist denn hier los?« Er richtet seinen schwarzen Knüppel auf uns. »Was habt ihr hier verloren?«

Toandro fängt an zu schluchzen und drängt sich hinter meinen Rücken, während Maraina sich vor uns stellt. »Wir haben Hunger, Dada«, sagt er mit quengeliger Stimme. »Hast du was zu essen?«

»Du bist ganz schön schlau«, der Mann beugt sich zu ihm herunter, lacht leise und klingt jetzt überhaupt nicht mehr bedrohlich. »Und tapfer bist du auch!« Er zieht mich vorsichtig zur Seite und kniet sich vor Toandro: »Du musst aufhören zu weinen, hörst du? Wenn du einen solchen Krach machst, werden sie euch bald hier finden und ich bekomme einen Haufen Ärger.« Er steht wieder auf: »Also seid leise! Ich sage euch Bescheid, wenn die Luft wieder rein ist … und rührt mir ja nichts an!«

Von unserem Versteck aus beobachten wir dann, wie er sich vor der Einfahrt mit zwei Polizisten unterhält. Als Piso zu wimmern anfängt, schauen wir uns erschrocken an. Während ich sie sachte auf meinem Rücken hin und her wiege, stellt Maraina sich auf die Zehenspitzen und streichelt sie. So schaffen wir es Piso zu beruhigen.

Scherzend verabschieden sich die Polizisten von dem Wächter, und als sie endlich weiter ziehen, atmen wir erleichtert auf.

»So, jetzt könnt ihr heraus kommen.« Der Mann legt seine Hand auf Marainas Schulter. »Pass weiter gut auf deine Geschwister auf!«

15

Meine Arme und Beine tun mir weh. Den ganzen Morgen schon trage ich Piso auf dem Rücken und schleppe auch noch die zwei Töpfe mit dem klappernden Geschirr. Maraina und Toandro haben mir die beiden Wolldecken abgenommen, die ich auch zunächst getragen hatte. Mehr habe ich von unserem Hausrat nicht retten können, und ich weiß, dass Niny enttäuscht sein wird.

Der Bürgersteig, auf dem wir noch vor wenigen Stunden geschlafen hatten, ist leer. Seine Bewohner sind entweder geflüchtet oder von der Polizei mitgenommen worden. Wir halten uns in der Nähe auf, verstecken uns zwischen parkenden Autos und in Eingängen, aus denen wir vertrieben werden, und halten dabei immer Ausschau nach unseren Eltern und nach der Polizei.

Doch irgendwann lässt Toandro seine Decke auf dem Bürgersteig vor dem Eingang eines Juweliergeschäfts einfach fallen, legt sich drauf und will schlafen.

»Steh auf!«, ich ziehe ihn mit Gewalt auf die Beine. »Ich will meine Mama!«, brüllt er, und Piso, die eben noch auf meinem Rücken eingenickt war, schreckt auf und brüllt mit. Einige Passanten schimpfen, andere schütteln die Köpfe und machen einen Bogen um uns. Die Kundin in dem Laden guckt erschrocken durch die vergitterten Fenster, und der Mann hinter dem Ladentisch droht uns mit der Faust.

»Haut ab hier!« Der Türwächter baut sich drohend vor uns auf. »Sonst gibt's was!«

»Komm jetzt!«, meine Stimme zittert. »Sonst verhaut der dich mit seinem Knüppel!«

»Ich gehe jetzt Mama suchen.« Maraina nimmt Toandros Hand. »Kommst du mit Mama suchen?«

Toandro schaut zu dem grimmigen Wachmann, wischt sich mit dem Arm über sein von Tränen und Rotz nasses Gesicht und steht widerwillig auf.

»Nimm die Decke!«, sage ich.

Toandro schluchzt noch einmal auf, klemmt sich die Decke unter den Arm und folgt Maraina.

Ich lasse sie voraus laufen und rufe sie nicht zurück. So entfernen wir uns von dem Platz, wo unsere Eltern zuerst nach uns suchen würden.

Plötzlich dreht Maraina sich um und läuft einem Mann hinterher, der an den Füßen glänzende schwarze Schuhe trägt. »Dada, wir haben Hunger … Gib mir Geld …« Doch der Mann schiebt Maraina unsanft zur Seite und geht mit schnellen Schritten weiter.

Jetzt fängt Piso wieder an zu jammern. »Sie hat bestimmt Hunger«, denke ich. »Wenn Niny hier wäre, würde sie sie stillen.« Ich presse die Lippen zusammen. »Ich muss ihr Milch kaufen.«

Nun bettele auch ich die Passanten an. Manche haben Mitleid, vor allem wegen Piso, und geben mir etwas Geld. Für andere sind wir Luft.

Die Sonne scheint so heiß, dass wir ins Schwitzen geraten, und Pisos Jammern wird lauter.

»Ich will meine Mama ... wo ist meine Mama?«, fängt Toandro wieder an zu quengeln. Bald sind er und Piso so laut, dass die Leute sich nach uns umdrehen. Ich bleibe stehen, stelle die Töpfe auf den Boden, ziehe das Tuch mit dem Baby vor die Brust und wiege es beruhigend.

»Nicht weinen.« Maraina legt den Arm um Toandro. »Tody kauft gleich was zu essen. Nicht wahr Tody?«

»Lasst mal sehen, wie viel Geld wir haben.«

Die Zwillinge hocken sich auf die Erde und schauen mir mit ernsten und müden Gesichtern zu, wie ich die Münzen zähle.

»Wir haben genug!« Ich wickele das Geld in einen Zipfel von Pisos Tragetuch. »Wir gehen jetzt zu Andry, kaufen Milch und etwas zu essen!«

»Siehst du?« Maraina lacht Toandro an. »Habe ich doch gesagt!« Er springt auf, packt sich seine Decke unter den Arm, zieht seinen Bruder an der Hand, und gemeinsam drängen sie sich vor mir durch die Menge, so schnell, dass ich Mühe habe, ihnen zu folgen.

Andry hat seinen Stand am Rande eines großen Marktes, wo man Schuhe, Kleider, Taschen, buntes Spielzeug, Geschirr, Stoffe und viele andere Sachen kaufen kann. Ein paar Leute stehen vor seinem Essstand, und auf den zwei Holzbänken hinter der Theke sitzen andere beim Essen.

»Eure Mutter sucht euch«, ruft Andry uns zu, während er seine Kundschaft bedient. »Kommt rein und stellt eure Sachen unter die Theke.« Er reicht mir einen Teller mit Reis und einer Fleischsoße. »Ihr habt doch Hunger, oder?«

Dann gibt er mir ein Glas Milch: »Das ist für das Baby ... Damit es mir nicht die Kundschaft vertreibt mit seinem Geschrei.«

16

Niny sucht uns, und wären wir etwas schneller gewesen, hätten wir sie hier angetroffen. Aber sie wird wieder kommen, und Andry sagt, dass wir bei ihm auf sie warten sollen. Ich setze mich auf die Bank, flöße Piso die Milch ein, während die Zwillinge sich neben mich auf den Boden setzen und von dem Reis essen.

Als ich Andry bezahlen will, schüttelt er den Kopf. »Ich habe heute Geburtstag«, lacht er. »Und ihr seid meine Gäste!«

Nachdem auch ich etwas gegessen habe, binde ich mir die Haare zusammen und helfe Andry beim Abwaschen des Geschirrs. Toandro und Maraina spielen auf dem Bürgersteig, rollen sich eine leere Plastikflasche wie einen Ball zu, lachen und sind wieder fröhlich, weil sie satt sind und wissen, dass Niny uns hier finden wird.

Mir macht es Spaß Andry zu helfen, und erst als er mir zwei leere Eimer gibt, merke ich, dass ich fast seine ganzen Wasservorräte verbraucht habe. Ich binde Piso in das Tragetuch, nehme die Eimer und sage den Zwillingen, dass ich kurz zum Wasserholen gehe.

Toandro verzieht seinen Mund und ich sehe ihm an, dass er gleich wieder weinen will.

»Toandro will mit.« Maraina schaut mich mit dem gleichen Ausdruck im Gesicht an wie sein Zwilling.

»Und du?«, frage ich.

»Ich will auch mit …«, gibt er kleinlaut zu.

»Geht ruhig!« Andry winkt uns zu. »Wenn eure Niny kommt, sage ich ihr, dass ihr gleich wieder da seid.«

Wir laufen quer durch den Markt zu der Wasserstelle, wo ich schon öfter meinen Durst gestillt habe. Wie immer warten hier viele Leute mit leeren Eimern, Töpfen, großen und kleinen Plastikflaschen. Wir stellen uns an, und als wir endlich drankommen, fängt es an zu nieseln. Ich stelle den ersten Eimer unter den

Wasserhahn, gehe in die Knie, und damit Piso nicht nass wird, zieht Maraina ihr das Tuch über den Kopf. Als beide Behälter vollgelaufen sind, machen wir uns auf den Rückweg.

Da die Eimer schwer sind, komme ich nur langsam voran, und als ich sie wieder einmal abstelle, um mich etwas auszuruhen, greifen die Jungen sich einen und laufen so schnell sie können davon. Dabei verlieren sie etwas von dem kostbaren Wasser, und ich rufe ihnen zu, mir den Eimer zurückzugeben.

»Dann lass mich Piso tragen!«, fordert Maraina von mir.

Ich schaue ihn an und bin irgendwie stolz auf meinen kleinen Bruder, der schon ganz schön kräftig ist. Ich öffne den Knoten vom Tuch und binde vorsichtig die schlafende Piso auf Marainas Rücken.

»Schaffst du das?«, frage ich.

»Ja!«, Maraina nickt mehrmals und ganz ernst mit dem Kopf. »Ich bin schon groß!«

»Und du bist stark!«, bewundert Toandro ihn.

17

Wegen des stärker werdenden Regens versuchen wir unter den Überdachungen der Stände entlang zu gehen. Plötzlich läuft Toandro los, und ich sehe Niny, die die Arme ausgebreitet hat, ihn auffängt und dann vor Freude strahlend, Toandro an der Hand haltend, auf uns zuläuft.

»Dem Himmel sei Dank!« Jetzt sehe ich, dass Niny weint. »Ich habe eine solche Angst gehabt! Ich dachte, ich hätte euch verloren ...« Sie küsst Maraina, »was bist du doch für ein großer Junge!«, und bindet sich Piso, die sie zuvor leicht übers Gesicht streichelt, auf den Rücken. »Und du ...«, Niny streicht mir die nassen Haare aus der Stirn, »mein Gott, was würde ich ohne dich machen ...?«

Jetzt fangen wir alle gleichzeitig an zu erzählen. Die Zwillinge versuchen sich durch Lautstärke zu übertreffen, und als ich Ninys Lächeln sehe, verschiebe ich meinen Bericht auf später, denn bei dem Durcheinander versteht sie ja sowieso nichts.

Vor Andrys Stand und auch drinnen stehen viele Leute, von denen die meisten den Regenschauer abwarten. Ich stelle die Eimer unter die Theke, fülle etwas Wasser in eine Schüssel und fange gleich wieder mit dem Abwasch an.

»Deine Tochter ist tüchtig«, ruft Andry Mutter zu, die sich auf den Boden gesetzt hat und Piso stillt.

»Ich weiß.« Niny nickt. »Ich danke Gott, dass er mir eine so gute Stütze gegeben hat. Ohne Todisoa würde ich es nicht schaffen ...« Niny senkt den Kopf, damit niemand ihre Tränen sieht. Toandro und Maraina setzen sich dicht neben sie.

»Wo ist Dada?«, fragt Maraina.

»Wahrscheinlich sucht er euch noch.« Ninys Stimme ist leise und brüchig. Sie räuspert sich: »Aber macht euch keine Sorgen. Er kommt bestimmt bald auch hierher.«

»Auf der Straße könnt ihr jedenfalls nicht mehr bleiben ...«, sagt Andry nach einer Weile. »Das sollte niemand«, mischt sich ein weißhaariger älterer Mann ein, und die Umstehenden stimmen ihm zu, gucken neugierig, und am liebsten möchte ich mich irgendwo verkriechen. Doch zum Glück vergessen sie uns bald und reden über den Rivo-doza, der die Gebiete im Osten verwüstet hat, und dass sie dankbar seien, dass er diesmal an der Hauptstadt vorbeigezogen sei.

»Hoffen wir, dass es in diesem Jahr damit vorbei ist«, wirft der Alte ein. »Denn irgendwann könnten auch wir dran sein ...«

18

Der Regen hat aufgehört. Während wir auf Vater warten, helfe ich Andry in seinem Restaurant, und Niny sitzt mit den Kindern draußen in der Sonne.

Am späten Nachmittag haben Andry und ich alle Hände voll zu tun, denn viele Leute wollen auf dem Weg von der Arbeit noch schnell etwas essen und trinken. Gegen Abend entsteht neue Unruhe auf dem Markt, verursacht durch die Verkäufer, die einer nach dem anderen ihre Waren einpacken und ihre Verkaufsbuden schließen. Auch Andry will bald Schluss machen, und er drückt mir einen Besen in die Hand, mit dem ich den Essraum von den herumliegenden Knochen, dem Reis und anderen Essensresten sauberfege.

Dabei fallen mir die Kalanoro ein, die im Wald leben und in der Nacht, wenn die Menschen schlafen, von ihrem gekochten Reis essen und ihnen damit Glück bringen. In der Stadt gibt es keinen Wald und ich frage mich, wer den Menschen hier das Glück bringt.

Nachdem wir den kleinen Raum gesäubert und das Geschirr in Kisten abgestellt haben, schließt Andry die Tür seines Ladens mit einem dicken Vorhängeschloss ab, und ich setzte mich zu Mutter auf die Straße.

Meine Haare haben sich wieder gelöst. Ich kann sie schon lange nicht mehr durchkämmen, so zottelig sind sie, und mir juckt der Kopf. »Ich kann sie dir schneiden«, meint Niny. »Nein!«, wehre ich heftig ab. »Ich muss sie nur waschen!«

Andry trägt jetzt ein sauberes weißes Hemd, eine blaue Hose, und seine Jacke hat er sich lose auf die Schultern gelegt. Er drückt mir einen Schein von eintausend Ariary in die Hand. »Das hast du dir heute verdient«, er schmunzelt über mein erstauntes Gesicht. »So sauber war es noch nie in meinem kleinen Restaurant!«

Ich gebe Niny das Geld und auch sie bedankt sich bei Andry.

»Ich muss nach Hause«, Andry schaut auf seine Uhr. »Meine

Frau macht sich sonst Sorgen.« Aber dann bleibt er doch bei uns, und Niny erzählt ihm von ihrer Angst uns verloren zu haben.

»Ich war keine Hilfe für Kamisy. Ständig habe ich ihn auf der Müllhalde gefragt, wann wir denn wieder zurückgehen würden, bis er gemeint hat, ich solle vorgehen. Und als ich in unsere Straße kam, waren die Kinder nicht mehr da!« Niny wischt sich über die Augen. »Der ganze Bürgersteig war leer! Ich habe sie überall gesucht, habe wildfremde Menschen nach ihnen gefragt ... Dann habe ich endlich die Postkartenverkäuferinnen getroffen, die mir von der Polizei erzählt haben. ›Deine Kinder sind weggelaufen wie die Katzen!‹, hat eine der Frauen behauptet. Eine andere aber schwor gesehen zu haben, wie Polizisten euch mitgenommen hatten!« Bei der Erinnerung daran schluchzt Niny auf. »Ich wusste mir nicht mehr zu helfen ... bin fast wahnsinnig geworden ... bin durch die Straßen geirrt, und auf einmal stand ich vor Andry!«

Andry hatte sie beruhigt und ihr versprochen, ebenfalls Ausschau nach uns zu halten. Wenn er uns sähe, würde er uns sagen, dass wir hier auf unsere Eltern warten sollten.

»Ich bin dann zur Müllhalde und habe euren Vater benachrichtigt« Niny holt tief Luft und versucht den Husten zu bezwingen, der sie schüttelt. »Er sucht euch wohl immer noch ...«

19

Als Vater endlich auftaucht, schlafen die Zwillinge. Er hockt sich zu uns und schüttelt immer wieder ungläubig den Kopf. »Ich habe die ganze Stadt nach euch abgesucht.« Sein nasses Haar hängt ihm wirr ins Gesicht und er sieht müde aus.

Er sagt, dass er gar nicht weiß, wie er Andry danken kann, wie er denn all das, was er für uns getan hat, wieder gut machen kann.

»Ist schon gut ...«, wehrt Andry ab.

l schlafen«, protestiert der.
zische ich. »Du weckst Piso!«
müde …«, jammert er nun etwas leiser; doch als ich
erinnere, dass wir los wollen, um ein Haus für uns zu
er hellwach und schreit in Toandros Ohr »Wir suchen
«, während ich ihm wortlos drohe, dass er leise sein

gen Andry durch die langsam erwachenden Straßen
sten Autos und Menschen, die auf dem Wege zur Ar-
vorbei an den noch verschlossenen Geschäften, vorbei
er Tüchern und Decken Schlafenden, die wie wir kein
aben. Toandro weint und sagt, dass er müde ist. Plötz-
t er laut auf. Er ist in eine Glasscherbe getreten. Vater
n die blutende Stelle an, redet beruhigend auf ihn ein
rt ganz vorsichtig die Wunde mit seinem Hemdärmel.
t weh«, schluchzt Toandro.
rt gleich auf«, und Vater hebt ihn hoch.
sagt, dass auch er nicht mehr laufen kann. Niny
mit ihm. Doch das macht ihn auch nicht leiser, und
trägt Andry ihn huckepack.
ne geht auf und ihre Strahlen versuchen, den grauen
st zu durchdringen. Wir laufen quer durch die Innen-
queren eine schmale Brücke und biegen dann in einen
gen Weg voller Abfälle ein, der an einem Kanal entlang
en Wasser eine schmutzig-grüne Farbe hat und stinkt.
eise in mich, als ich auf einem Schild lese, dass es ver-
n den Kanal zu urinieren.
n dicht drängeln sich entlang unseres Weges kleine
s Holz und Wellblech, zwischen denen hier und da
Häuser aus Ziegeln stehen. Andry hält immer wieder
t Bekannte und beantwortet ihre Fragen nach seiner
d nach uns. So erfahren wir, dass Andry ein Kind hat
Frau ein Baby erwartet.
nehr Menschen laufen uns auf ihrem Weg in die In-
ntgegen; ein Mann zieht einen leeren Karren hinter
wei Frauen tragen Körbe mit Bananen auf ihren Köp-
ndere hat in der einen Hand einen Kocher und in der

»Du hast ein gutes Herz«, sagt Niny mit leiser Stimme. »Wir sind Fremde für dich und trotzdem hilfst du uns.«

»Ich kenne euch, obwohl ihr Fremde seid.« Andry ist irgendwie verlegen. »Ich habe gesehen, wie ihr für eure Kinder sorgt. Aber warum seid ihr hier? Ohne Geld? Ohne Arbeit? Was ist passiert, dass ihr euer Dorf verlassen habt?«

Dada erzählt ihm von dem Zyklon, der unser Haus und unser Reisfeld zerstört hat.

»Aber Kamisy«, Andry spricht Vater mit seinem Namen an, »deshalb zieht man doch nicht weg … Ich meine, du hast doch Nachbarn gehabt und vielleicht sogar Verwandte im Dorf?«

Vater nickt nachdenklich, schweigt eine Weile, und als er spricht, klingt es, als wolle er sich verteidigen: »Von meiner Familie lebten doch nur noch wir in Morakondro! Meine beiden Brüder sind schon lange fort und mein Onkel arbeitet hier in Tana in einer Textilfabrik … Nur noch mein Vater hat mich im Dorf gehalten, und jetzt wo er gestorben ist … nun und nach dem Zyklon … warum sollte ich bleiben? Ich hatte gedacht, dass mein Onkel mir hier Arbeit beschaffen könnte. Aber er scheint umgezogen zu sein … seine neue Adresse habe ich nicht … und die Telefonnummer seines Nachbarn geht nicht!« Dada runzelt die Stirn und seine Stimme klingt verärgert. »Und die Fabrik kenne ich auch nicht!«

»Was hast du jetzt vor?«, will Andry wissen.

»Irgendwie müssen wir leben.« Vater spricht so leise, dass ich ihn kaum hören kann. »Auf der Müllhalde Brauchbares sammeln und verkaufen, Arbeit suchen …«

»Wir sollten nach Hause zurück …«, unterbricht ihn Niny, deren letzte Worte in einem heftigen Husten untergehen.

»Wie denn?«, braust Vater auf. »Mit weniger als dem, was wir mitgenommen haben? Da lachen uns doch alle aus!«

»Deine Frau hustet sich die Seele aus dem Leib … Wenn ihr nicht bald ein Dach über dem Kopf habt, werdet ihr noch alle krank!«

»Du hast leicht reden.« Dada klingt verärgert.

»Ich habe vor einiger Zeit im Stadtteil Antohomadinika gewohnt.« Andry legt ihm die Hand auf die Schulter. »Ich habe da noch viele Freunde, und vielleicht kann ich dort eine Bleibe für euch finden.«

»Wovon soll ich die bezahlen? Die Mieten hier in der Stadt sind doch viel zu hoch!«

»Nicht in Antohomadinika«, beruhigt Andry ihn. »Ich kenne da einen, der hat vor kurzem ein Zimmer angebaut ... Ich glaube, er ist auch ein Betsimisaraka. Jedenfalls spricht er denselben Dialekt wie ihr, und wenn das Zimmer noch zu vergeben ist, nimmt er euch bestimmt auf. Ich weiß zwar nicht, wieviel er dafür haben will, aber wir können ihn ja fragen.« Andry scheint ganz zuversichtlich. »Dann kannst du dir ausrechnen, ob du die Miete mit dem Verkauf von den Sachen, die du auf der Müllhalde sammelst, zusammenbringen kannst.«

»Ich kann doch auch arbeiten«, platze ich dazwischen und beiße mir sofort auf die Lippen. Dada, Niny und Andry schauen mich überrascht an. »Ich meine ... vielleicht kann ich hier Teller waschen und Wasser holen ... so wie heute ...« Andry lacht und steckt damit meine Eltern an. »Keine schlechte Idee.« Er haut mir auf die Schulter und schüttelt sich schon wieder vor Vergnügen. Ich bin zuerst etwas beleidigt, lache dann aber mit, obwohl ich nicht weiß, was ich so Lustiges gesagt habe.

Nachdem sich alle beruhigt haben, meint Andry, dass das unsere letzte Nacht auf der Straße sein soll, denn morgen in der Frühe wird er uns hier abholen und nach Antohomadinika bringen. Dann zieht er seine Jacke an, und bevor er sich von uns verabschiedet, teilt er dem Nachtwächter, der diesen Teil des Marktes bewacht, mit, dass wir unter dem Vordach seines Restaurants schlafen dürfen.

Später, als wir uns hinlegen, lassen mich meine Gedanken nicht einschlafen. Früher, da haben wir auch manchmal nicht genug zu essen gehabt, und oftmals fehlte uns das Geld für all die anderen Dinge, die wir in Morakondro brauchten. Einmal ist die Reisernte mager ausgefallen und wir haben uns fast nur von Bananen ernährt, die in unserer Gegend reichlich wachsen. Da haben wir es doch auch irgendwie geschafft, diese Zeit hinter uns zu bringen. Wieso musste Vater uns hierher bringen?

Ich mag es nicht, wenn Niny weint und ich mag den verzwei-

anderen ausgebeulte, vollgestopfte Plastikbeutel. Sie wird bestimmt bald irgendwo an einer belebten Straße zu kochen beginnen und an Ort und Stelle die Mahlzeiten verkaufen.

Eine Gruppe von Kindern in Schuluniformen kommt aus einem Seitenweg heraus. Zwei der Mädchen stecken kichernd ihre Köpfe zusammen. Drei Jungen folgen ihnen langsam, während ein anderer, offensichtlich der Älteste, die Gruppe mit schnellen Schritten überholt. Als er an mir vorbeiläuft, treffen sich für einen Moment unsere Blicke. Ich drehe mich nach den Kindern um und wünsche, ich wäre eines von ihnen.

Die Sonne ist inzwischen aufgegangen, der schmutziggraue Nebel hat sich verzogen, doch der Himmel ist bewölkt. Immer wieder halte ich die Luft an, versuche so den Gestank nicht einzuatmen, der über dem Stadtteil liegt. Wir laufen über eine schmale Holzbrücke, die an mehreren Stellen morsch ist. Am anderen Kanalufer biegen wir in eine enge Gasse ein, die in andere enge Gassen und zu einem Gewirr von Hütten führt. Ich höre das Klappern von Geschirr, Frauen rufen nach ihren Kindern, Babys schreien, ein Hahn kräht, und ein magerer Hund, der sich bei unserem Nahen verzieht, bellt aus sicherer Entfernung. Immer mehr Kinder kommen aus den Häusern. Sie alle sind barfuß und ihre Kleidung ist voller Löcher. Manche tragen ihre jüngeren Geschwister auf den Rücken. Hunde liegen auf den Wegen und wir müssen über sie hinwegsteigen. Hühner laufen gackernd zwischen den aus Brettern gezimmerten Hütten herum.

Wir folgen Andry in einen Hof, in dem eine Frau vor einem Kocher sitzt und in einem dampfenden Topf rührt, während ihr Sohn – etwa so alt wie die Zwillinge – aufpasst, dass seine kleine Schwester dem Feuer nicht zu nahe kommt.

Wir begrüßen die Frau und Andry stellt uns Madame Soary als seine Freunde vor. Sie grüßt freundlich zurück und fragt Andry nach seiner Frau und der kleinen Tochter. Während Andry sich mit ihr unterhält, krabbelt die Kleine zu ihm und streckt ihm ihre Händchen entgegen. Doch als Andry die Kleine hochnimmt, fängt sie lauthals zu schreien an und wir lachen über Andry, sein erschrockenes Gesicht und wie schnell er das Kind wieder absetzt, das nun noch lauter brüllt als vorher.

»Zara«, ruft Madame Soary ins Haus. »Nimm mir Bozy ab!«

Ein Mädchen, etwa so alt wie ich, tritt aus dem Haus auf die kleine Terrasse, begrüßt uns schüchtern, kommt nach unten und nimmt den Schreihals mit.

»Kamisy und seine Familie sind neu in der Stadt«, kommt Andry nun zurück zu uns. »Dadabé Hery hat mir vor einigen Tagen erzählt, dass ihr ein Zimmer angebaut habt.«

»Das stimmt«, Madame Soary schaut uns neugierig an.

»Andry hat gemeint, dass ihr es uns vermieten könntet«, schaltet Vater sich etwas verlegen ein. »Wir suchen eine Bleibe …«

»Du bist ja ein Betsimisaraka!« Madame Soary klatscht sich lachend in die Hände. »Warum habt ihr das nicht gleich gesagt?«

Sie will wissen, woher wir kommen, warum wir nach Tana gekommen sind, und Dada und Niny geben bereitwillig Auskunft. Als Vater von dem Zyklon erzählt und Mutter davon, wie sie uns in der ganzen Stadt gesucht hat, schüttelt Madame Soary bedauernd den Kopf, seufzt und lächelt dabei uns Kinder immer wieder freundlich an, so dass ich denke, dass sie uns mag.

»Betianas Schicht ist in ein paar Stunden zu Ende«, sagt Madame Soary schließlich zu Vater. »Dann kommt er nach Hause und du kannst mit ihm das Geschäftliche besprechen!«

»Ich kann nicht länger bleiben.« Andry verabschiedet sich von uns. »Ich muss los und noch etwas Geld verdienen.«

Vater räuspert sich: »Ich wollte, ich könnte dich für all das entlohnen, was du für uns bisher getan hast …«

»Ach was!«, Andry unterbricht ihn, »… ich komme dann und schaue nach euch.« Er hat es plötzlich eilig. »Bis heute Abend!« Mit schnellen Schritten verschwindet er zwischen den Hütten.

Madame Soarys Haus ist aus Ziegeln gebaut und steht wie unsere Hütten in Morakondro auf Pfeilern, nur sind diese aus Beton und die in unserem Dorf sind aus Holz. Eine schmale Treppe führt zu der kleinen Terrasse vor dem Hauseingang.

Neben dem Ziegelhaus steht eine kleine Hütte aus Holz. Ich glaube, dass das der Anbau ist, von dem Andry gesprochen hat. Die Dächer beider Gebäude sind aus Wellblech, und auf dem der Holzhütte liegen mit Steinen gefüllte Plastikbeutel.

Aus dem Nachbarhaus erklingt plötzlich lautes Geschrei, und ein Junge, verfolgt von einer Frau, die einen Stock in der Hand hält und den Jungen offensichtlich verhauen will, läuft über den Platz. Doch er ist schneller, und bald verschwindet er zwischen den Häusern und lässt die Frau zurück, die mit erhitztem Gesicht und schimpfend zu uns kommt. »Was hat er denn jetzt wieder angestellt?«, will Madame Soary wissen.

»Das kann nur er gewesen sein«, die Frau fuchtelt mit dem Stock in der Luft herum. »Dabei weiß er doch, dass die Milch für alle ist!«

»Er hat also die ganze Milch ausgetrunken«, Madame Soary schüttelt den Kopf, macht »pfh, pfh, pfh« und ein bedauerndes Gesicht.

Madame Soary stellt uns Madame Maryse vor, die ich mit ihrem hellen, runden Gesicht und den glatten, schwarzen Haaren sehr hübsch finde. Sie bleibt eine Weile bei uns und will wissen, wieso wir aus unserem Dorf fortgegangen sind. Doch als Dada anfängt zu erzählen, ertönt wieder lautes Geschrei aus ihrem Haus und sie verabschiedet sich hastig von uns.

»Das war Maryse«, Madame Soary schmunzelt, »unsere Nachbarin. Sie hat drei Kinder, keinen Mann, und manchmal weiß sie nicht ein noch aus … Na ja, irgendwie schafft sie es eben doch, die Kleinen zu ernähren …«

»Sie ist eine Schönheit«, sagt Niny.

»Sie verbringt auch viel Zeit mit sich und ihrer Kosmetik«, dabei schnalzt Madame Soary missbilligend mit der Zunge. »Ständig schmiert sie sich neue Bleichcremes auf ihr Gesicht, um wie die weißen Filmstars auszusehen, deren Bilder sie bei sich aufgehängt hat!«

Ich spitze die Ohren. »Gibt es Cremes, die einen weiß machen?«, rutscht es mir heraus.

»Fang bloß nicht damit an!« Madame Soary schaut mich streng an. »So wie Maryse und all die anderen Frauen … Sie ruinieren sich damit ihre Haut, die nach einiger Zeit krank und fleckig wird, weil sie sich nicht mehr gegen die Sonne schützen kann. Um die hässlichen Flecken wegzubekommen, gibt es dann wieder andere Cremes, und das geht so weiter. Irgendwann sind diese Frauen todunglücklich, weil sie weder weiß noch dunkelhäutig sind, sondern … fleckig.«

»Mit sowas wollen wir nichts zu tun haben, nicht wahr Tody?«, wendet Niny sich an mich. Sie befürchtet wohl, dass auch ich so ein Bleichmittel ausprobieren möchte. »Wir sind zufrieden mit den Farben, die Gott uns gegeben hat.«

»Mahita ny akanga tsara sorotra ka manary ny akoho tamana antrano«, mischt Dada sich mit dem Sprichwort ein, das sagt, dass manche Leute ihre eigenen Hühner vergessen, wenn sie ein Perlhuhn sehen. Jetzt müssen wir alle lachen, und Madame Soary meint, dass Dada Recht hat und wir alle keine Bleichcremes brauchen.

21

»Ihr habt sicherlich Hunger …« Madame Soary füllt gekochten Reis und mehrere Löffel Bohnen in einen Plastikteller. Als sie ihm den Teller reichen will, wehrt Vater ab und sagt, dass wir das Essen nicht annehmen können. »Du hast doch nicht etwa vergessen, was es heißt, ein Betsimisaraka zu sein?« Madame Soarys Ton ist halb tadelnd und halb scherzend. »Ich habe das jedenfalls nicht vergessen!« Sie stellt den Teller vor Dada. »Was ich habe, reicht für uns alle!« Sie füllt weitere Teller und ruft uns Kinder dazu.

Die Zwillinge und der kleine Junge, der Boto heißt, setzen sich um die dampfenden Schüsseln und langen zu. Vater hat keine andere Wahl als nachzugeben und mit uns zu essen.

Nach dem Essen räume ich mit Zara das Geschirr zur Seite, nehme Mutter Piso ab und folge Zara, die mich dazu aufgefordert hat, ins Haus. Drinnen ist es dunkel, kühl und gemütlich. Neben einem Fenster, vor dem ein geblümter Vorhang hängt, steht ein großes Bett und mitten im Raum befindet sich ein Tisch mit einem Sessel. Über dem Bett hängt ein Bild von Jesus Christus. Seine langen braunen Haare, die ihm bis auf die Schultern und sein gelbes Hemd hängen, leuchten golden. Er hat einen Bart, schön gebogene Brauen und ernste dunkle Augen, mit denen er nach oben schaut.

»Ein ähnliches Bild hängt auch in unserer Kirche«, sage ich. »In Morakondro ...«, füge ich hinzu und spüre den Kloß in meinem Hals.

»Das ist ein Kalender.« Zara stellt sich zu mir. »Siehst du unten die Kästen? Jeder Kasten ist ein Monat und die Zahlen darin sind die Tage. Da kann man immer sehen, in welchem Monat man ist und ob es Sonntag, Montag usw. ist.« Sie zeigt auf den vierten Kasten. »Wir haben jetzt Ende April ... den Tag weiß ich jetzt nicht, weil der Kalender vom letzten Jahr ist.«

»Der Kalender ist schön«, ich versuche auszurechnen, wann wir nach Tana gekommen sind. Dadabé ist vier Wochen nach Weihnachten gestorben – das war in der dritten Januarwoche. Drei Wochen danach kam der Rivo-doza. Also sind wir in der letzten Februarwoche nach Tana gekommen. Ich zähle die Wochen bis Ende April. Wir sind schon fast acht Wochen hier!

Zara holt aus dem kleinen Nebenraum drei leere Eimer, und als wir damit rausgehen, lächelt Niny mich an, sie freut sich, dass ich Zara beim Wasserholen helfe.

»Der öffentliche Wasserhahn ist nicht weit.« Zara läuft mit schnellen Schritten über die engen Wege, von denen einige höher liegen als die Hütten und so angelegt sind wie Dämme zwischen Reisfeldern. Sie sind daher nicht so schlammig wie der tiefer liegende Grund, auf dem sich dicht an dicht und zum Teil in Wasser stehend die kleinen Holzunterkünfte und die auf Pfählen gebauten Häuser drängen.

»Das ist die öffentliche Toilette.« Zara zeigt auf ein gelbes Haus aus Stein, das sich, auch wenn sie mir das nicht gesagt hätte, schon längst durch seinen Gestank verraten hat. »Pippi ist umsonst«, lacht sie. »Aber wenn du groß machen willst, musst du der Frau am Eingang 20 Ariary bezahlen. Die gibt dir dann auch Papier.«

»Und wenn ich kein Geld habe?«

»Dann sagst du, dass du nur Pippi machen willst«, lacht Zara.

An einem Haus bleibt Zara stehen, lugt in den winzigen Hof.

»Tina!«, ruft sie mehrmals, »Tina!«

Nach einer Weile bewegt sich die Tür und ein Mädchen steckt einen nassen Kopf heraus.

»Komm!«, fordert Zara sie auf.

»Ich kann nicht.« Tina kichert. »Ich habe nichts an.«

»Dann ziehe dir was an!«

»Siehst du denn nicht?« Tina schüttelt den Kopf, dass das Wasser nach allen Seiten sprüht. »Ich wasche mir doch gerade die Haare.«

»Du kannst doch trotzdem rauskommen …«

»Haha«, meint Tina. »Wie witzig!«

»Das ist Todisoa.« Zara zeigt auf mich. »Sie zieht bald bei uns ein.«

»In den Anbau?«

»Genau!«

»Was macht ihr nachher?«, will Tina wissen.

»Ich muss Mutter mit der Wäsche helfen.« Zara nimmt die Eimer wieder auf. »Wir müssen weiter!«

»Ich komme später vorbei«, verspricht Tina.

Aus manchen Hütten erklingt laute Radiomusik, die sich mit den Stimmen ihrer Bewohner mischt. Überall in den kleinen Höfen, den engen Gassen und vor den Häusern spielen Kinder, scharren Hühner in der Erde, liegen schlafende Hunde, über die wir steigen müssen und die sich davon nicht stören lassen. Eine Frau hat einen Tisch mit Mangos aufgebaut, eine andere bietet süßen Reiskuchen und Kaffee zum Verkauf an. Am offenen Fenster einer Ladenhütte bleibe ich kurz stehen und schaue auf Regale mit Seife, Keksen, Zigaretten, Eiern und Baguettes.

An der Wasserstelle, einem kleinen Steinhaus, in dem sich ein Wasserhahn befindet, füllt ein Junge gerade einen blauen Kanister, während hinter ihm mehrere Leute mit Eimern und Flaschen warten. Zara scheint sie zu kennen, begrüßt alle und stellt mich gleich mit dem Hinweis vor, dass ich bald bei ihnen einziehen werde. Eine der Frauen ist besonders neugierig, will genau wissen, woher ich komme, ob meine Eltern noch leben, wieviele Geschwister ich habe und warum wir nach Tana gekommen sind. Sie hört mit ihrer Fragerei erst auf, als sie an der Reihe ist, ihre Behälter zu füllen. Danach verabschiedet sie sich von mir mit Bedauern, weil sie sich gerne noch etwas weiter mit mir unterhalten hätte; und ich versuche, ihr nicht zu zeigen, dass ich ganz froh darüber bin, dass sie nach Hause gehen muss. Später erfahre ich von Zara, dass Madame Vero auch Madame Zeitung genannt wird, und wenn man eine Nachricht in Antohomadinika verbreiten will, diese nur Madame Zeitung mitteilen muss.

Als endlich die Reihe an uns ist, lassen wir uns erst einmal den nassen Strahl über Gesicht, Hände und Füße fließen, dann trinken wir selbst, bevor wir unsere Behälter füllen. Auf dem Rückweg unterhalten wir uns die ganze Zeit, und dabei vergesse ich das Gewicht unserer vollen Eimer.

Ich erfahre von Zara, dass ihr Vater als Lagerarbeiter in einem großen Laden arbeitet, den man Supermarkt nennt und in dem man alles kaufen kann, was es in der Welt gibt. Als ich das bezweifle und frage, ob sie mich auf den Arm nehmen will, meint sie, sie würde mich einmal in diesen Superladen mitnehmen, und dann würde ich selbst sehen, dass sie die Wahrheit sagt.

Ich erzähle Zara von den zwei Männern, die sich in der einen Nacht geprügelt hatten, und sie sagt, dass sie keinen Streit mag: »Einmal haben sich zwei Nachbarinnen gestritten und alle haben zugeguckt, wie sie sich an den Haaren gezogen haben. Da war ich noch ganz klein und habe geschrien. Und weißt du was? Alle Leute haben über mich gelacht!«

»Wenn sich bei uns im Dorf zwei gestritten haben, hat der Tangalamena eingegriffen«, erinnere ich mich, und Zara erinnert sich, dass auch sie in dem Dorf, in dem sie früher gelebt hatten, einen Tangalemena hatten, auf den alle hörten.

Aber so wie meinen Dada hat auch Zaras Tangalamena ihren Vater nicht davon abhalten können, mit der Familie in die Hauptstadt zu ziehen.

Ich erfahre von Zara, dass es in Antohomadinika den Chef des Viertels, des *Fokontany*, gibt, der etwas Ähnliches wie der Tangalamena im Dorf ist. »Wenn es hier Streit gibt, versucht er den zu schlichten. Und wenn wir Probleme haben, gehen wir zu ihm ins Büro. Er hilft dann das Problem zu lösen.«

Wieder zurück, stellen wir die Wasserbehälter ab und begrüßen mit Respekt Zaras Vater, einen schnurrbärtigen, dünnen Mann, der neben Dada sitzt.

»Mein Mund ist ganz trocken.« Boto drängt sich auf den Schoß seiner Mutter, und auch meine Brüder schauen gierig auf das Wasser. Zara läuft ins Haus, kommt mit zwei Bechern und einer Plastikschüssel heraus und gibt ihrem Vater, dann den anderen Erwachsenen und schließlich den Kleinen zu trinken.

Nachdem alle ihren Durst gelöscht haben, füllt Zara die Schüssel zur Hälfte, passt dabei auf, dass kein Tropfen daneben fließt, und während ich ihr beim Abwaschen helfe, spitze ich die Ohren, um mitzubekommen, worüber unsere Eltern sich unterhalten.

Betiana, Zaras Vater, streckt seine Beine aus und erzählt, dass auch er, als sie vor zwei Jahren nach Tana kamen, so wenig hatte wie Dada. »Und wir waren Fremde hier. Den Kindern hört man das nicht mehr an. Sie sprechen inzwischen wie die Merina … ich bin und bleibe ein Betsimisaraka … nach einer Weile haben sich die Leute hier auch an uns gewöhnt … schließlich sind wir doch alle Madagassen!«

Seit einem Jahr hätte er eine Arbeit und seitdem würden sie hier wohnen, in diesem Haus, das einem Mann aus Antsiranana gehöre und dem er dafür Miete zahle. »Und wenn du in den Anbau einziehst, musst du mir etwas dafür zahlen!«

Als Vater wissen will, wie hoch das sein wird, druckst Betiana herum, sagt, dass es ihm unangenehm sei, einen Betsimisaraka nach Geld zu fragen, aber er müsste ja seine Familie ernähren. Das geht eine Weile hin und her, bis seine Frau ihn anherrscht, endlich zu sagen, wieviel er für das Häusschen haben möchte.

»Ich bin kein Geschäftsmann, weißt du … Aber wenn du mir im Monat 15.000 Ariary für das Zimmer bezahlen kannst, machen wir das Geschäft!«

Vor Schreck vergesse ich zu atmen; das ist viel Geld!

»Irgendwie werde ich das schaffen.« Vater klingt heiser und räuspert sich. »Ich werde Arbeit suchen und bis dahin auf der Müllhalde arbeiten … Wenn wir erst einmal ein Dach über dem Kopf haben …«

»Das ist ein guter Anfang«, Betiana reicht Vater die Hand, »*Tonga Soa*!«, und er ist einverstanden, dass Vater ihm die Miete in zwei Raten bezahlt.

22

In dem kleinen Anbau ist es dunkel und etwas muffig, und als Madame Soary das einzige Fenster öffnet, sehen wir im Tageslicht das aufgestapelte Feuerholz und die zwei prallgefüllten Plastiksäcke, die fast den ganzen Raum füllen.

»Das kommt jetzt raus.« Betiana legt sich einen der Säcke auf den Rücken und trägt ihn nach draußen, während Vater ihm mit dem anderen folgt.

Wir Kinder sammeln die Holzscheite auf, und Madame Soary zeigt uns den trockenen Platz hinter dem Haus, wo wir sie aufeinander stapeln sollen.

Madame Maryse kommt mit ihrem schlafenden Baby auf dem Rücken, gefolgt von einem schreienden kleinen Mädchen mit lustig abstehenden Zöpfen, das erst Ruhe gibt, als ihre Mama stehen bleibt und sie an die Hand nimmt.

Madame Maryse hat sich ihre Lippen rot angemalt, und ich finde, dass sie damit sehr schön aussieht. Sie beklagt sich über die Arbeit, die sie mit ihren Kindern hat und bittet Zara, ihr Fara für eine Weile abzunehmen. Zara hockt sich vor die Kleine, fragt, ob sie mit ihr eine Katze suchen wolle, und als diese begeistert nickt, verschwindet sie mit ihr hinter dem Haus. »Ich wollte, ich hätte schon eine so große Tochter«, seufzt Madame Maryse.

Während Niny den Raum auskehrt, beantwortet Madame Soary die neugierigen Fragen unserer Nachbarin, die jedoch nicht lange bleibt, denn als eine Männerstimme nach ihr ruft, lacht sie etwas verlegen, sagt, dass sie Besuch hätte und eilt nach Hause.

Nach kurzer Zeit ist unser neues Heim sauber geputzt, und jetzt, wo es leer geräumt ist, sehen wir, dass es zwar klein ist, aber groß genug, damit wir alle hineinpassen. Wir packen unsere Plastikbeutel aus, in denen sich ein paar Kleidungsstücke und etwas Geschirr befinden. Damit wir nicht auf dem nackten Boden schlafen müssen, gibt Madame Soary uns eine Grasmatte. Zum Glück sind die Nächte jetzt nicht so kalt, und Vater meint, dass er uns für die kalte Zeit eine Matratze und noch ein paar zusätzliche Wolldecken besorgen wird.

Kurz vor Dunkelheit kommt Tina vorbei. Sie ist etwas größer als Zara und ich, schlank und hat schon einen Busen. Ihre Haut ist ganz dunkel und ihre Haare hat sie sich zu vielen Zöpfen geflochten, die ihr eng am Kopf liegen.

Nicht nur ich, sondern auch Maraina und Toandro finden sie sehr hübsch, denn sie starren sie die ganze Zeit mit großen Augen an. Tina scheint das gewohnt zu sein und tut, als würde sie nichts davon merken.

Am Abend kommt Andry, der sich darüber freut, dass es geklappt hat und wir in den Anbau gezogen sind, und er erinnert Vater daran, uns im Fokontany anzumelden: »Dann seid ihr ordnungsgemäß registrierte Bürger dieses Viertels.«

»Vielleicht«, so denke ich, »kann ich dann ja auch wieder zur Schule gehen.«

Heute Nacht schlafen wir in unserem eigenen Haus und nicht mehr auf der Straße.

Als ich am nächsten Morgen aufwache, ist Vater nicht mehr da, ist er bereits seit Stunden auf der Müllhalde. Die Zwillinge stehen am Eingang und schauen nach draußen in den Nieselregen. Dann setzen sie sich zu Niny und schauen mit hungrigen Augen zu, wie sie Piso stillt.

»Ich kaufe euch nachher etwas zum Essen.« Niny lehnt sich nach hinten, zieht ihr Tragetuch aus dem Kleiderhaufen hervor und nestelt an dem Knoten, den sie in einen der Zipfel gemacht hat. »Mal sehen, wie viel Geld wir noch haben.« Sie legt zwei zerfledderte Scheine auf die Erde und zählt dann die Münzen. »Das muss reichen …«

Durch die offene Tür beobachte ich Madame Soary und Zara, die einen vollen Plastiksack aus dem Haus tragen. Als Zara es auch nach mehrmaligen Versuchen nicht schafft, ihrer Mutter die schwere Last auf den Rücken zu laden, laufe ich zu ihnen und fasse mit an.

»Vergiss nicht den Kindern die Milch warm zu machen!« Madame Soary keucht unter der Last. »Warm! Nicht heiß!«

»Ist gut, Mama!« Zara rollt dabei die Augen. »Ich passe schon auf. Mach dir keine Sorgen!«

»Ich weiß.« Madame Soary lächelt etwas mühsam. »Sobald ich genug verkauft habe, komme ich nach Hause!«

Ich erfahre von Zara, dass in dem Sack gebrauchte Kleider verstaut sind, die ihre Mutter von einem Karana gekauft hat und in *Tananan-tsinoa* verkauft.

Zara begleitet uns mit Bozy und Boto zu den Ständen in der Nachbarschaft, wo Niny Milch, drei Tomaten, zwei Zwiebeln, Bohnen, Reis und Seife kauft. Dabei lernt sie die Nachbarsfrauen kennen, die sie neugierig ausfragen. Ich weiß, dass Niny das nicht mag. Aber sie zeigt es nicht und bleibt ganz freundlich, antwortet so wenig wie sie kann und so viel, dass die Frauen zufrieden sind.

»Hoffentlich begegnen wir nicht Madame Zeitung«, flüstere ich Zara ins Ohr.

Endlich habe ich Seife und Zara hilft mir beim Haare waschen. Da sie so verfilzt sind, versucht sie zunächst die Strähnen mit einem Holzkamm voneinander zu lösen.

»Nicht so hart«, wimmere ich. »Das tut so weh!«

»Ich kann sie dir auch schneiden.« Sie stellt sich vor mich und zieht den Kamm durch ihre kurzen Locken. »So wie meine.«

»Bloß nicht!«

»Dann sind sie leichter zu kämmen.«

Niny pflichtet ihr bei und als ich schweren Herzens nachgebe, holt Zara flink eine Schere aus dem Haus. Traurig sehe ich zu, wie eine schwarze Locke nach der anderen neben mir auf dem Boden landet.

»Es gibt Frauen in Tana, die noch viel kürzere Frisuren haben«, tröstet mich Zara.

Mutter hat gerade den Reis aufgesetzt, als Vater von der Müllhalde zurückkommt. Er hat es eilig, bemerkt nicht, dass ich anders aussehe, geht in den Anbau, kramt in einer der Plastiktüten und kommt mit seiner Geburtsurkunde heraus. Er sagt, dass er sie für unsere Anmeldung im Fokontany benötigt, und dass wir nicht mit dem Essen auf ihn warten sollen, denn nach seinem Besuch beim Fokontany wolle er auf den Markt zu Andry und dort nach Arbeit fragen.

Vater macht sich Sorgen. Seine Einnahmen aus dem Verkauf von Müll sind zu gering, um die Miete zu bezahlen. Betiana hat ihm für die erste Zahlung eine Woche Zeit gegeben, und bis dahin muss Dada das Geld zusammen haben.

In der Nacht höre ich Vater Niny erzählen, wie er auf dem Markt von Stand zu Stand um Arbeit gefragt hat und überall abgewiesen wurde.

23

Antohomadinika ist groß, ein Stadtteil, in dem viele Menschen leben. Hier gibt es keine Reisfelder, keine Bananenpflanzungen, keine Wälder und Flüsse. Die Luft ist durchdrungen vom Gestank des Abwasserkanals, und es ist immer laut hier, voll der Geräusche, die von seinen unzähligen Bewohnern stammen, die auf engstem Raum zusammenleben.

Obwohl Antohomadinika ganz anders ist, habe ich manchmal, wenn wir abends nach dem Essen zusammen sitzen und uns Geschichten erzählen, das Gefühl, dass ich in unserem Dorf am Feuer sitze. Vor allem die Geschichten über Ranalahy und Ranavavy lassen in mir dieses vertraute Gefühl entstehen, und ich freue mich, wenn ich unseren Freunden eine Geschichte erzähle, die sie noch nicht kennen, wie die, als Ranalahy mit seiner Frau Ranavavy eines Tages einen Berg hoch gestiegen ist, weil sie gehört hatten, dass man von dort oben einen tollen Blick auf das Land hätte:

»Weil sie länger unterwegs sein würden, hatten sie Töpfe,

Teller, Löffel, Messer, Wolldecken, Lebensmittel und sogar Feuerholz mitgenommen. Der Weg war steil und anstrengend und bald wurde ihnen ihr Gepäck zu schwer. Ranalahy sagte zu Ranavay: ›Lass uns ausruhen und etwas zu essen machen.‹ Sie machten ein Feuer und holten das Geschirr heraus. Ranavavy kochte Reis mit Gemüse und sie aßen sich satt.

Als sie sich wieder auf den Weg machen wollten, erinnerten sie sich an die Last, die sie vorher hatten tragen müssen: ›Gut, dass wir kein Geschirr mehr brauchen!‹, freute sich Ranalahy. ›Und auch kein Feuerholz!‹, freute sich Ranavavy. ›Und den Reis und das Gemüse haben wir im Bauch!‹, lachten sie und warfen dabei alles, was sie nun als überflüssig ansahen, einfach weg. Die Töpfe, Schüsseln, Löffel, Messer und das Feuerholz rollten den Abhang hinunter und verschwanden zwischen den Felsen. ›Jetzt haben wir fast nichts mehr zu tragen‹, begeisterten sich Ranalahy und Ranavavy. Doch obwohl sie nun kaum Gepäck hatten, fiel ihnen der Anstieg weiter schwer, und als sie endlich oben angekommen waren, waren sie sehr müde. ›Ich will schlafen.‹ Ranalahy schaute sich um. ›Hier ist kein guter Platz‹, sagte er. ›Hier ist es zu windig.‹

›Da unten liegt man besser‹, meinte Ranavavy. ›Und da ist auch kein Wind!‹ Und so stiegen sie wieder den ganzen Berg hinunter. Als sie unten angekommen waren, konnten sie kaum noch stehen, so müde waren sie. ›Endlich!‹ Ranalahy packte die Decke aus. ›Hier können wir schlafen!‹

›Jetzt haben wir vergessen, den Blick von da oben zu geniessen!‹, erinnerte sich Ranavavy plötzlich.

›Das machen wir morgen!‹, gähnte Ranalahy. ›Morgen klettern wir den Berg hoch und genießen den Blick auf das Land!‹«

Während wir Älteren über das schrullige Paar lachen, finden die Jungen die Geschichte gar nicht lustig.

»Das war dumm von Ranalahy«, sagt Maraina. »Womit kochen sie, wenn sie am nächsten Tag den Berg hoch laufen und Hunger haben? Sie haben doch alles weg geworfen!«

»Vielleicht finden sie ja alles wieder«, meint Toandro.

Seitdem wir hier wohnen, sieht Niny glücklicher aus und es geht ihr auch besser. Soary hat sie an einem der ersten Tage zu einem Dokotera mitgenommen, der in der Nachbarschaft lebt, und der hat ihr einen Tee gegen den Husten gegeben.

Irgendwie hat es sich ergeben, dass Niny auch für Soarys Kinder kocht, wenn diese bei der Arbeit ist: Zuerst hat Zara sie beim Kochen um Rat gefragt. Dann hat Niny Zara dabei geholfen, und eines Tages hat sie selbst gekocht, und Zara und ich haben ihr geholfen. An dem Tag hat Soary das Essen besonders gelobt, und als Zara ihr gestanden hat, dass nicht sie, sondern meine Mama gelobt werden müsste, hat sie schallend gelacht und dann vorgeschlagen, dass Niny an den Tagen, an denen sie bei der Arbeit ist, für ihre Familie kocht und hat ihr Geld dafür angeboten, das Niny zuerst nicht annehmen wollte.

»Und unsere Wäsche kannst du auch waschen«, hat Soary gemeint. »Aber nur, wenn du dich für deine Arbeit bezahlen lässt!«

Da hat Niny zugesagt, und seitdem kocht und wäscht sie für Soary, während Zara und ich auf unsere Geschwister aufpassen.

Unsere Mütter sind Freundinnen geworden. In ihrer freien Zeit sitzen sie oft zusammen, frisieren sich gegenseitig die Haare, reden und lachen. Manchmal kommt Maryse dazu, setzt sich zu ihnen und beschwert sich über Hery, ihren Ältesten, der, gerade sieben geworden, manchmal für mehrere Tage verschwindet. Dann sucht Maryse ihn überall, macht sich Sorgen und sagt, dass sie nicht weiß, was sie mit ihm machen soll.

»Warum schimpft sein Vater nicht mit ihm?«, frage ich Zara eines Tages und erfahre, dass der Polizist, den ich schon öfter bei Maryse gesehen habe, nicht sein Vater ist.

»Der sieht doch gut aus, nicht wahr?«, schwärmt Zara. »Er ist ihr neuer Freund.«

»Und wo ist sein Vater?«

»Das weiß ich nicht«, Zara denkt nach. »Ich glaube, Maryse ist schon lange nicht mehr mit seinem Vater zusammen …«

24

Vater geht jeden Tag auf die Müllhalde, sammelt dort alles, was er an die Altwarenhändler auf dem Markt verkaufen kann und fragt gleichzeitig die Standbesitzer nach Arbeit. Wenn er abends nach Hause kommt, ist er müde und enttäuscht, dass er so wenig Geld eingenommen und immer noch keine andere Arbeit gefunden hat. Niny tröstet ihn dann: »Wir schaffen es … mit dem, was wir zusammen verdienen …«, oder sie sagt: »Schau dir deine Kinder an. Sie sind gesund, und haben wir nicht großes Glück gehabt? So viele Leute leben auf der Straße, und wir haben eine Unterkunft gefunden! Das bisschen Geld, das wir zum Leben brauchen, kriegen wir auch noch zusammen!«

Eines Abends kommt Dada leichten und fröhlichen Schrittes nach Hause, denn Andry hat ihm angeboten, in seinem Restaurant stundenweise auszuhelfen, damit die anderen Marktleute ihn als vertrauenswürdig kennenlernen.

Schon nach einer Woche wartet ein Standbesitzer, er ist schon sehr alt, vor Andrys Imbiss auf Vater: »Ich habe zehn Ballen Stoff beim Großhändler bereitliegen. Wenn ich sie heute nicht abhole, verkauft er sie einem anderen. Ich bezahle dich gut, wenn du dich sofort auf den Weg machst, die Ware bezahlst und abholst. Ich gebe dir meinen Karren und meinen Jungen, der weiß, wo der Laden ist, und dann muss ich dir auch noch sehr viel Geld mitgeben. Ich verlasse mich auf dich.« Der Alte übergab Vater ein Bündel Scheine. »Wenn du deine Sache gut machst, wirst du nicht das letzte Mal für mich gearbeitet haben.«

Bald machen es andere Marktleute dem Alten nach, und wenn Vater nicht gerade in Andrys Imbiss arbeitet, ist er als Lastenträger unterwegs. An manchen Tagen hat er so viele Aufträge, dass er abends, wenn er nach Hause kommt, kaum noch aufrecht stehen kann. Dann isst er schnell seinen Teller Reis und legt sich gleich danach zum Schlafen hin.

25

Maraina und Toandro spielen den ganzen Tag mit ihren neuen Freunden draußen, und auch Zara und ich, wenn wir keine Hausarbeit mehr haben, gehen in unserem Viertel spazieren. Meistens besuchen wir Tina, die wie wir der Mutter im Haushalt helfen muss und nicht zur Schule geht. Durch sie lerne ich Ravaka und Jocelyn kennen, die ich schon an unserem ersten Tag in Antohomadinika auf ihrem Wege zur Schule gesehen hatte.

Tina hat immer gute Laune, und vor allem kennt sie viele Geschichten, die sie, wann immer sie Zeit hat, den Nachbarskindern erzählt. Als wir heute bei ihr vorbei kommen, hat Tina gerade angefangen, das Märchen von dem Mädchen und seinen sieben Brüdern zu erzählen. Eine junge Frau mit ihrem schlafenden Baby sitzt neben ihr, und die zwei Männer, die sonst altes Metall in Form klopfen, legen ihre Hämmer beiseite und lauschen. Eine alte Frau beugt sich aus ihrem Fenster, und als ein Hund darunter zu bellen anfängt, verscheucht sie ihn mit ihrem Stock.

Als Tina zu Ende erzählt hat, klatschen alle. Ein paar Kinder trollen sich davon, andere bleiben sitzen und betteln um eine weitere Geschichte.

»Vielleicht morgen«, vertröstet Tina sie. »Jetzt habe ich Besuch«, und zeigt dabei auf uns.

»Das war schön!« Die alte Frau kommt aus dem Haus gehumpelt. Sie stützt sich auf den Stock, mit dem sie vorhin den Hund vertrieben hat, und ich sehe, dass ihr rechter Fuß nach innen verdreht ist.

»Ich höre dir so gerne zu!«, sagt sie zu Tina.

»Ich auch!«, sagt einer der Männer. »Dann vergesse ich sogar zu arbeiten …«

»Genau«, sein Freund haut ihm auf die Schulter. »Und jetzt nimm deinen Hammer! Wir müssen noch ein paar Nägel gerade klopfen!«

»Woher hast du diese Geschichte?«, frage ich Tina.

»Aus der Straßenbücherei«, sagt sie.

»Und was ist das … eine Straßenbücherei?«, ich kann mir darunter nichts vorstellen.

Tina erzählt mir von einem Haus in Antohomadinika, das sie Bibliothek nennen. Dort gibt es viele Bücher, die man sich ausleihen, zu Hause lesen und später zurück bringen kann.

Weil die Bücherei aber nicht für alle Kinder erreichbar ist und die kleinen Kinder nicht wissen, was Bücher überhaupt sind, bringen die Leute, die dort arbeiten, die Bücher zu den Kindern auf die Straße.

»Das ist die Straßenbücherei!«, erklärt Tina. »Weil die auf Straßen und Plätzen stattfindet. Dort bekommt jedes Kind ein Buch in die Hand. Da sind Geschichten drin mit Bildern. Prisca liest vor oder erzählt ein Märchen …«

»Und wer ist Prisca?«

»Sie ist die Straßenbücherei!« Tina lacht. »Und Zara und ich und noch ein paar andere Jugendliche helfen ihr dabei!«

Sie sagen, dass die Straßenbücherei jede Woche an einer anderen Ecke in Antohomadinika aufgebaut wird.

»Wann kommt sie zu uns?«

»Prisca benachrichtigt uns immer einen Tag davor!« Tina hängt sich bei Zara ein. »Und nach kurzer Zeit wissen das alle Kinder.«

»Das nächste Mal komme ich auch mit«, sage ich.

26

Am nächsten Tag begleiten wir Soary zu ihrem Verkaufsstand in Tananan-tsinoa. Je mehr wir uns China-Town nähern, desto voller sind die Straßen mit Menschen, Autos und Lärm.

Es gibt hier so viel zu sehen! Stände mit Spielsachen, Unterwäsche, Mützen, Taschen und Rucksäcken, bunten Blumensträußen aus Plastik, Schuhen, Kleidern, Kochgeschirr und vielem mehr! Neben den festen Läden und den davor aufgebauten Verkaufsständen haben einige Händler ihre Waren auf dem Bürgersteig ausgebreitet, und wieder andere tragen diese mit sich herum und bieten sie mit lauten Rufen den Vorbeigehenden und den Autofahrern an.

Da der Fußgängerweg so voll ist, müssen wir immer wieder auf die Fahrbahn ausweichen.

Deshalb halte ich Maraina und Toandro an den Händen fest, und da Niny eine von Soarys Kleidersäcken trägt, habe ich ihr auch Piso abgenommen, während Zara Bozy auf dem Rücken trägt und auf Boto aufpasst.

»Das gehört mir!«, ruft Toandro plötzlich und zeigt auf ein blaues, in der Sonne blitzendes neues Kinderfahrrad.

»Und das ist meins!«, Maraina zeigt auf das kleine rote Auto, das wie die anderen Spielfahrzeuge vor einem Laden angekettet ist.

»Das Flugzeug ist meins! Das Flugzeug ist meins!«, kräht Boto dazwischen und hüpft von einem Bein auf das andere.

So spielen die Jungen die ganze Zeit, zeigen bei jedem Stand, den wir passieren, auf die Dinge, die ihnen gehören, obwohl sie ihnen nicht gehören und stecken uns dabei mit ihrer Fröhlichkeit an.

Der Platz, an dem wir schließlich Halt machen, liegt an einer mit laut hupenden Autos vollgestopften Kreuzung.

Hier setzen unsere Mütter die beiden schweren Säcke ab. Soary begrüßt die anderen Frauen, die hinter ihren Auslagen auf dem Boden sitzen, und als sie die Frauen als die »starken Supermarkt-Mütter« vorstellt, lachen alle. Die Händlerinnen rücken ihre Sachen zusammen; wir breiten die gebrauchten Kleider aus Soarys Säcken aus, setzen uns dahinter und warten mit den anderen Frauen auf Kundschaft. Während Bozy neben ihrer Mutter sitzt, legt Niny die schlafende Piso neben sich auf einen Kleiderhaufen.

Viele Leute laufen vorbei, manche bleiben stehen, schauen sich unsere Textilien an, nehmen sie in die Hände und fragen nach dem Preis. Dann wird jedes Mal gehandelt, und wir alle freuen uns, wenn Soary am Ende eine Mütze, eine Bluse oder eine Hose verkauft hat. Aber das klappt nicht immer, weil manche Leute nicht genug Geld haben. »Ich muss doch was verdienen«, stöhnt Soary dann. »Ich kann doch nicht weniger dafür nehmen als ich selbst bezahlt habe.«

Niny hilft ihr so gut sie kann, und als sie einem Kunden eine Strickmütze verkauft, lobt Soary sie und meint, dass sie öfter mitkommen sollte.

Bozy spielt mit den silbernen Knöpfen einer Jacke; die Jungen jedoch können nicht lange ruhig sitzen, toben bald zwischen den Ständen, rempeln Leute an, schmeißen Sachen um und ernten Schimpf und Geschrei. Als sie einen Straßenhändler mit bunten Plastikvögeln im Strom der Passanten erblicken, folgen sie ihm und sind ganz erschrocken, als Zara und ich sie an Händen und Kragen packen und zurückschleifen. Weil nun alle Frauen sie tadeln und ihnen das peinlich ist, bleiben die drei wenigstens für kurze Zeit ganz brav neben uns sitzen.

»Wann gehen wir nach Hause?«, meldet Maraina sich als erster.

»Ich habe Hunger«, quengelt Boto, und Toandro kann nicht mehr sitzen: »Mein Popo tut mir weh.«

»Kauft euch etwas zu essen«, Soary gibt Zara einen Schein. »Und passt auf, dass ihr die Jungen nicht verliert.«

Wir laufen los, bleiben aber immer wieder stehen und schauen uns die ausgestellten Waren an. An einem Stand hängen Kleider, und ich streiche mit meiner Hand über den glänzenden weißen Stoff und die bunt glitzernden runden Plättchen an einem Kleid mit Rüschen.

»Nimm deine schmutzigen Finger weg!«, zischt die Verkäuferin, und Zara zieht mich mit sich.

Wir folgen Zara durch einen breiten offenen Eingang. Drinnen sind viele verschiedene Geschäfte auf mehrere Stockwerke verteilt. »Das ist das eigentliche Tananan-tsinoa«, sagt Zara. »Mama träumt davon, eines Tages hier einen kleinen Laden mieten zu können.«

In der dritten Etage weht uns der Geruch von gegrilltem Fleisch und Reis entgegen, und wir erinnern uns, dass wir Hunger haben. Doch Zara schüttelt bedauernd den Kopf und sagt, dass das Essen hier zu teuer sei.

Wir verlassen das Einkaufszentrum, kaufen auf der Straße von einem Mann gekochten Maniok, den er uns in Zeitungspapier einwickelt, und folgen Zara, die sich ihren Weg durch die Menschenmassen bahnt, um uns zu ihrem Lieblingsplatz zu bringen: Einem Park, der zu einem kleinen See gehört und sich mitten in der Stadt befindet. Wir setzen uns unter einen Baum, wickeln das Zeitungspapier auseinander, und während wir die Enten auf dem See beobachten, essen wir uns satt. Trotz des Straßenlärms, der bis zu uns dringt, habe ich hier das Gefühl, nicht mehr in der Stadt zu sein.

27

Mit uns haben sich noch andere Kinder und Erwachsene, unter ihnen die Alte mit dem Stock und ein paar Mütter, auf dem freien Platz neben den Gleisen versammelt. Immer mehr Kinder strömen herbei, und mit ihnen wächst die Aufregung. Es wird gelacht, gerufen, geschrien, gebalgt und auch geweint. Maraina und Toandro toben mit ihren Freunden, freuen sich, dass wir hier sind, obwohl sie nicht wissen, was sie erwartet.

Zara und Tina haben zwei leere Eimer mitgebracht, die wir an dem nahen Wasserhahn füllen. Wieder zurück, stellen wir uns an den Rand des Platzes und fordern die Kinder auf, sich die Hände zu waschen, was nur von jenen befolgt wird, die sich in unserer Nähe befinden.

»Stellt euch in einer Reihe auf«, die alte Frau kommt uns zur Hilfe, fuchtelt mit ihrem Stock und dirigiert die Kinder zu uns. »Einer nach dem anderen!«

Die Warteschlange beginnt zu wachsen, die Kinder waschen sich die Hände, bis der Ruf »Sie kommen!«, die Schlange auseinander brechen lässt.

Jubelnd rasen alle, auch Zara und Tina, der mit großen bunten Taschen beladenen Gruppe – ich entdecke Jocelyn unter ihnen –

entgegen. Bald verschwinden die drei Ankömmlinge hinter den Kindern, und nur noch deren Lachen ist zu hören.

Doch dann löst sich der Pulk auf; einige der größeren Kinder helfen, die Taschen zu tragen, während ich Boto auf den Schultern des älteren Jungen erblicke, von wo er stolz auf das Gerangel herabschaut, das sich um seinen Freund herum abspielt.

Jocelyn trägt ein kleines Mädchen auf ihren Armen, während Zara und Tina sich bei der anderen Frau eingehakt haben. Als sie bei uns ankommen, sehe ich, dass die Frau einen dicken Bauch hat, und Zara flüstert mir zu, dass das Prisca sei und sie ein Baby erwarte.

»Habt ihr Bücher dabei?« Ein kleines Mädchen mit einem Zopf stellt sich vor Prisca hin. »Gibst du mir ein Buch?«

»Hast du dir die Hände schon gewaschen?«

Die Kleine schüttelt den Kopf, läuft los und reiht sich in die neu entstandene Warteschlange ein.

»Hast du Malstifte dabei?«, fragt ein Junge. »Ich will malen!«

»Wir haben alles dabei.« Prisca zeigt auf die Taschen. »Aber erst einmal müssen alle die Hände waschen!«.

Drei kleine Jungen wollen helfen, die Taschen auszupacken. Die Frau mit dem Baby kommt Prisca zu Hilfe. Sie sagt etwas zu den Jungen und macht dabei ein strenges Gesicht. Mit lautem Gejohle rennen die drei los und drängeln sich um die Wassereimer.

»Nicht alle gleichzeitig!« Zara und Tina blicken etwas verzweifelt auf das Gedränge, und die Alte dirigiert wieder mit ihrem Stock. »Die Bücher laufen euch nicht weg!«, lacht sie. Ich gehe zu ihnen, helfe den Kindern beim Händewaschen, während die Frau mit dem Baby, Prisca, Liva und Jocelyn die Taschen auspacken.

Liva ist der Junge, den ich am ersten Tag auf dem Weg durch das Viertel gesehen hatte. Er ist groß, hat breite Schultern, und seine viel zu großen Hosen hängen ihm am Hintern herunter. Ich finde, dass er sehr gut aussieht mit seinem nach hinten gedrehten Mützenschirm. Wenn er mich anschaut, wird mir ganz warm im Bauch, und gleichzeitig ist mir das peinlich, denn er guckt doch nur, weil er merkt, dass ich ihn die ganze Zeit anstarre. Bestimmt erinnert er sich nicht an mich, findet mich aufdringlich, total hässlich und macht sich in Gedanken über mich lustig.

Ich nehme mir vor, ihn nicht zu beachten und woanders hinzuschauen. Er soll bloß nicht denken, dass ich mich für ihn interessiere.

Liva, Jocelyn und Tina breiten auf dem Boden eine große blaue Plane aus Plastik aus, auf die sich alle Kinder, auch die mit noch schmutzigen Händen, mit lautem Jubelgeschrei stürzen. Ein kleines Mädchen, das von einem Purzelbaum schlagenden Jungen umgeschubst worden ist, weint, wird von seiner älteren Schwester getröstet, und gemeinsam setzen sie sich zu den anderen Kindern auf die Plane und warten voller Erwartung. Auch ich setze mich dazu und schaue zu Prisca, Jocelyn und Liva, die sich vor uns aufgestellt haben.

»Guten Tag«, begrüßen sie uns.

»Guten Tag«, antworten wir im Chor.

»Wie geht es euch?«

»Gut! Und wie geht es euch?«

»Danke. Uns geht es auch gut.«

»Guten Tag!«, fangen sie wieder an.

»Guten Tag!«, antworten wir.

»Wir freuen uns, dass ihr gekommen seid!«

»Tonga Soa!, Tonga Soa!!«, singen wir und klatschen dabei in die Hände.

»Könnt ihr euch noch an das Lied über den Wald und die Vögel erinnern?«, fragt Prisca.

»Ja!«, brüllen alle durcheinander und fangen an mit Prisca zu singen.

Ao anaty ala voro-marobe,
voron-tsoa, vorona an'ala,
maha te ho tia
(Im Wald sind viele Vögel,
Gute Vögel, Waldvögel,
So lieb und schön)

Prisca, Jocelyn und Liva klatschen in die Hände. »Schön habt ihr gesungen!«, lobt Prisca. »Welches Lied kennt ihr noch?«

Die Kinder schauen sich an, flüstern miteinander. »Petit oiseau!«, »petit oiseau!«

»Petit oiseau … welche Sprache ist das?«, will Prisca wissen.

»Die von den Vazaha«, ruft ein Mädchen.

»Französisch!«, sagt ein älterer Junge.

»Kannst du denn etwas französisch?«

Der Junge schüttelt den Kopf.

»Viele Menschen in unserem Land sprechen diese Sprache. Sie lernen sie in der Schule und einige in ihren Familien. Wir lernen sie mit unseren Liedern!« Prisca fängt an zu singen und alle stimmen ein. Auch ich, obwohl ich das Lied nicht kenne. Doch ich lerne die Worte während ich singe:

Mon petit oiseau a appris à voler
Mon petit oiseau a appris à voler
Appris ça à la volette
Appris ça à la volette
Appris ça à la volette
Appris à voler

»Wer von euch kann uns sagen, wovon das Lied handelt?«

Wieder meldet sich derselbe Junge: »Von einem kleinen Vogel, der fliegen lernt …«

»Du weißt schon viel«, lobt Prisca und wendet sich dann wieder an alle Kinder: »Wir haben das letzte Mal noch ein anderes Lied gelernt. Erinnert ihr euch?«

Sofort fangen einige Kinder an zu singen. Diesmal ist es leichter für mich, denn ich kenne das Lied:

Mololom-bary iray sy tapa-kazo roa
No namoronany akany tena soa
(Mit einem Häufchen Heu und zwei Stückchen Holz
Hat er sein schönes Heim gebaut)

Von unserem lauten Gesang angelockt, bleiben einige Leute stehen; ein Mann setzt seinen schweren Sack ab, setzt sich darauf, und ich sehe ihm an, dass er uns gerne zuhört.

Von Prisca erfahren wir, dass wir das nächste Mal Besuch von einer Märchenerzählerin bekommen werden, und sie bringt uns ein Lied bei, mit dem wir Madame Esther begrüßen sollen:

Misy vahiny ao an-tanàna
Tambatambazo izy ireo
Mba ho tamàna
(Da sind Besucher im Dorf
Sei nett zu ihnen
Damit es ihnen hier gefällt)

28

»Wir bilden drei Gruppen«, erklärt Jocelyn. »Wer malen möchte, geht zu Liva. Wer sich bunte Bücher anschauen will, kommt zu mir, und wer ein Märchen hören will, geht zu Prisca.«

Am liebsten möchte ich alles machen. Ich habe schon lange kein Buch mehr in den Händen gehalten. Ich habe schon lange kein Bild mehr gemalt und ich mag Geschichten erzählt bekommen. Wofür soll ich mich bloß entscheiden? Ich könnte mich Livas Gruppe anschließen. Aber irgendwie bin ich zu schüchtern, und außerdem steht Tina neben ihm. Sie flüstern sich irgendetwas zu und lachen. Nein, da gehe ich lieber nicht hin.

»Wenn du magst, kannst du mir helfen.« Jocelyn hält mir mehrere Bücher hin. »Hier sitzen die Kinder, die lesen oder sich einfach ein Buch anschauen wollen.«

Ich nehme ihr den Stapel ab.

»Verteile du von hier vorne aus … ich verteile von hinten. Wenn du mehr Bücher brauchst, kannst du sie dir aus dem Packen hier holen …«

Erwartungsvoll schauen die Kinder mich an, können es kaum abwarten, bis sie an der Reihe sind. Einige unter ihnen brauchen lange, um sich zu entscheiden, während andere sich sofort das erste Buch, das ich ihnen reiche, auf den Schoß legen und darin blättern.

Manche wollen mehrere Bücher auf einmal haben, und das kleine Mädchen, das neben meinen Brüdern hockt, guckt böse, als ich ihr nur eines gebe. »Wenn du fertig gelesen hast«, erkläre ich ihr, »kannst du dir ein zweites aussuchen.« Sie ist immer noch sauer auf mich, doch als sie ihr Buch aufschlägt, hat sie mich vergessen.

In der Leseecke ist es fast still. Jedes Kind hält sein Buch in den Händen. Einige ganz Kleine halten ihre Bücher verkehrt herum, und ich drehe sie für sie um, damit sie die Bilder besser sehen können. Alle blättern und betrachten die bunten Zeichnungen, und manche befühlen sie mit den Fingern, als wollten sie sie aus den Seiten herausholen.

Die Kinder zeigen sich gegenseitig ihre Entdeckungen und erzählen sich die Geschichten, die sie in ihnen sehen. Bei manchen älteren Kindern bewegen sich die Lippen – sie lesen.

Maraina und Toandro haben sich gemeinsam ein Buch ausgesucht. Ich gehe zu ihnen und schaue über ihre Schultern.

Die Geschichte in ihrem Buch handelt von einem kleinen Jungen mit blonden Haaren. Wo er wohnt, gibt es Hühner, Zebus und Pferde. Die Erwachsenen um ihn herum gucken streng, und auf manchen Bildern sieht man, wie sie mit ihm schimpfen.

»Oh! Jetzt hat er seinen Kopf in die Schüssel gesteckt!« Wir müssen lachen. »Warum hat er das gemacht?«, fragt Maraina mich.

Ich schüttele den Kopf: »Ich weiß nicht.«

»Lies vor!«, fordert Toandro mich auf.

»Das ist eine andere Sprache … die kenne ich nicht.«

Toandro blättert weiter. »Ohhh!«, ruft er aus. »Jetzt ist die Schüssel kaputt!«

»Ich will malen.« Maraina steht auf und geht hinüber zu Livas Gruppe. Toandro schaut ihm hinterher, während das kleine Mädchen neben ihm nach seinem Buch greift. Toandro hält es fest und faucht sie böse an. Sie hält ihm ihr aufgeschlagenes Buch hin. Er runzelt die Stirn, schaut aber neugierig auf die Bilder von bunten Autos und den vielen Menschen. Als das Mädchen noch einmal nach seinem Buch greift, überlässt er es ihr im Tausch mit ihrem.

»Schaut nach oben und sagt, was ihr seht«, höre ich Priscas Stimme. Ich drehe mich zu der Kindergruppe um, die sich auf der anderen Seite der Plane um sie geschart hat.

»Den Himmel!«, ruft ein Mädchen.

»Wie sieht der Himmel aus?«

»Der ist blau ...«, rufen die Kinder, »blau und mit weißen Wolken!«, und »da ist auch die Sonne!«

»Wo ist sie?«, fragt ein Junge. »Ich sehe sie nicht!«

»Da hinten«, und »sie ist nicht da!« und »sie ist da, aber hinter den Wolken!« rufen die Kinder durcheinander.

»Genau!« Prisca streckt ihre Beine vor. »Sie ist am Himmel, aber wir können sie nicht sehen, weil sie von einer Wolke verdeckt ist. Und wisst ihr auch, warum?«

Einige schauen fragend und schütteln dabei die Köpfe, andere rufen laut »Nein!« und fordern Prisca auf zu erzählen.

»Aber dann müsst ihr ganz leise sein!«, lacht sie und wartet etwas. »Ich erzähle euch jetzt die Geschichte, weshalb die Sonne sich hinter der Wolke versteckt: Es wird gesagt, dass Sonne, Mond und Wolke die Söhne von Zanahary sind. Eines Tages rief Zanahary seine drei Söhne zu sich und sagte: ›Meine Kinder, ich bin alt und ihr seid groß genug, um für euch selbst zu sorgen. Die Zeit ist gekommen, dass ihr mich verlasst. Doch ich werde euch nicht mit leeren Händen fortgehen lassen. Du, Sonne, bist mein Ältester, und deshalb sollst du von mir fünf Zebus bekommen. Dir, Mond, meinem Zweitältesten, gebe ich drei Zebus, und dir, Wolke, meinem Jüngsten, gebe ich ein Zebu. Geht nun und vergesst euren Vater nicht. Besucht mich ab und zu und schaut, wie es mir ergeht.‹

Sonne, Mond und Wolke holten sich die ihnen versprochenen Zebus und nahmen Abschied von Zanahary.

Es dauerte nicht lange und der Besitz eines jeden von ihnen verdoppelte sich. Wer von euch kann mir sagen, wie viele Zebus Sonne, Mond und Wolke dann hatten?«

Prisca schaut uns an und wartet.

»Das ist doch klar!« Hery steht plötzlich am Rande der blauen

Plane. Von Madame Maryse weiß ich, dass er seit einer Woche nicht mehr nach Hause gekommen ist. Er ist schmutzig, und über seine Wange zieht sich eine lange blutige Schramme.

»Kannst du uns das sagen?«, fragt Prisca.

»Deine Geschichte ist mir zu blöd!«

»Dann hau doch ab!«, rufen die anderen Kinder.

Ein Junge steht auf, geht drohend auf Hery zu, der ihn mit geballten Fäusten und wütenden Blicken erwartet.

»Setz dich zu uns, Hery.« Prisca legt die Hand auf ihren Bauch. »Vielleicht gefällt dir die Geschichte ja, wenn du sie zu Ende gehört hast ...«

Hery murmelt etwas, lacht verächtlich, dreht sich um und geht langsam weg.

»Prisca, erzähle weiter!« und »blöder Hery!« und »ich will das Märchen hören!«, melden sich nun wieder die Kinder.

»Wo war ich stehen geblieben?« Prisca runzelt die Stirn und schaut Hery hinterher.

»Du hast gesagt, dass Sonne, Mond und Wolke bald doppelt so viele Zebus hatten wie vorher!«, erinnere ich sie.

»Sonne hatte bald zehn, Mond sechs und Wolke zwei Zebus«, fährt Prisca fort. »Eines Tages wurde Zanahary krank und er schickte einen Engel zu Sonne. ›Dein Vater ist schwer krank‹, teilte dieser dem ältesten Sohn mit. ›Er möchte, dass du zu ihm kommst und ihm dein bestes Zebu bringst, damit er sich freut und wieder genesen kann.‹

Sonne passte das überhaupt nicht: ›Mein bestes Zebu soll ich hergeben? Das kommt nicht in Frage! Ich brauche alle meine Zebus für die Arbeit!‹ Sonne erfand eine Ausrede: ›Bestelle meinem Vater, dass es mir wirklich leid tut, aber ich kann nicht weg. Ich muss hierbleiben, weil meine Frau bald ihr Kind bekommen wird.‹ Und dann sagte Sonne auch noch zu dem Engel: ›Gehe zu meinem Bruder Mond! Der soll Vater sein bestes Zebu schenken!‹ Dem Engel gefiel das nicht. Aber was sollte er machen? Zanahary hatte nach einem Zebu gebeten, und so machte er sich auf den Weg zu Mond.

›Wieso ich?‹, donnerte Mond gleich los. ›Wenn Sonne unserem Vater keines seiner zehn Zebus geben will, wieso soll ich das dann tun, wenn ich weniger Zebus habe als er?‹ Und dann sagte er auch noch: ›Außerdem habe ich keine Zeit meinen Vater zu besuchen! Bestelle ihm, dass ich gerade mit dem Säen beschäftigt bin und deshalb nicht kommen kann … aber vorher gehe zu Wolke. Sage ihm, dass er Vater sein bestes Zebu geben soll!‹

Mit wenig Hoffnung machte sich der Engel auf den Weg zu Wolke. Doch als dieser von der Krankheit des Vaters und von dessen Wunsch hörte, sprang er sofort auf und holte das beste Zebu, das er hatte.

Als Zanahary seinen jüngsten Sohn mit dem schönen fetten Zebu sah, freute er sich wie nie zuvor, und diese Freude machte ihn gesund.

›Was ist mit meinen anderen Söhnen?‹, fragte er den Engel und erfuhr, dass Sonne und Mond sich geweigert hatten, ihm eines ihrer Tiere zu bringen.

Da wurde Zanahary ganz traurig.

›Ich gab dir fünf Zebus‹, rief er zu Sonne. ›Inzwischen hast du zehn und hast nicht ein einziges für mich opfern wollen.‹

›Und du Mond‹, fuhr er fort, ›ich gab dir drei Zebus und jetzt hast du sechs. Auch du hast kein Zebu für mich übrig gehabt.‹

›Aber du Wolke‹, wandte er sich an seinen jüngsten Sohn. ›Du hast nur zwei Zebus und hast mir davon das fetteste Tier gebracht.‹

Dann erhob Zanahary seine Stimme so laut, dass der ganze Himmel bebte: ›Du Sonne sollst von heute an am Tag scheinen und du Mond in der Nacht. Doch wenn euer kleiner Bruder Wolke zu euch kommt, sollt ihr euch hinter ihm verstecken!‹

Jetzt wisst ihr, warum Sonne und Mond sich hinter Wolke verstecken«, beendet Prisca ihre Erzählung. »Weil sie sich schämen, wann immer ihr kleiner Bruder zu ihnen kommt.«

Alle klatschen in die Hände, rufen im Chor, dass Prisca noch ein Märchen erzählen soll, doch sie sagt, dass jetzt die Reihe an die Kinder gekommen sei und fragt, welches Kind eine Geschichte für sie alle hätte.

Aber dazu kommt es nicht mehr, denn plötzlich hören wir lautes Geschrei und eine Staubwolke weht zu uns herüber. Wir springen auf, laufen zu dem johlenden Kreis, der sich um Hery und einen Jungen gebildet hat, die sich in einander verkrallt haben, während Liva versucht, sie auseinanderzureißen.

Neben dem Pulk entdecke ich Maraina, der weint, und Toandro, der ihm grüne Farbe auf das Gesicht schmiert. Ich ziehe meine Brüder zur Seite und frage, was denn los sei, und warum Maraina sich von Toandro grün anmalen lässt.

»Hery hat mein Bild kaputt gemacht«, schluchzt Maraina. »Und mich mit Farbe beschmissen!«

»Und ich mach die weg«, Toandro verteilt weiter die grüne Farbe auf Marainas Gesicht.

Endlich schafft es Liva die zwei Kampfhähne von einander zu trennen.

»Was ist los mit dir?«, er hält Hery, der mit geballten Fäusten und gesenktem Kopf vor ihm steht, am Arm fest.

»Der hat gesagt, dass ich verschwinden soll.« Hery wischt sich mit seiner buntbeschmierten Hand über das Gesicht.

»Aber deshalb musst du doch nicht alle Farbtöpfe umschmeißen und die Bilder der anderen kaputtmachen!«

Mit einer heftigen Bewegung reißt Hery sich los, stößt seinen Gegner auf den Boden und rennt weg wie eine Katze. Einige Kinder rufen ihm Schimpfworte hinterher, andere lachen, und dann, als sie Maraina mit dem grünen Gesicht entdecken, finden sie ihn auch noch lustig.

»Das ist nicht schlimm«, tröstet Prisca meinen Bruder. »Das ist doch nur Farbe. Komm! Ich wasche sie dir gleich weg.« Prisca nimmt Maraina an die Hand und Toandro läuft hinter ihnen mit zum Wasserhahn.

Als sie nach einer Weile zurückkommen und Maraina mich erblickt, zeigt er auf mich: »Das sind sie«, ruft er mit lauter Stimme. »Das sind Tody und Piso!«

»Die Zwillinge sagen, dass ihr hier neu zugezogen seid.« Prisca beugt sich über meine Schulter. »Wie alt ist euer Schwesterchen?«

»Sechs Monate«, ich lockere das Tragetuch und hole Piso nach vorne auf meinen Arm.

»Du bist ein hübsches Mädchen.« Prisca spricht sie mit weicher Stimme an. »Kannst du auch lachen?« Sie streicht Piso sanft über die Wange und Piso lacht!

»Komm!«, Toandro zieht Prisca an der Hand. »Du kennst Niny und Dada noch nicht!«

»Ich komme euch ein anderes Mal besuchen.« Prisca zeigt auf Liva, Jocelyn, Zara, Tina und einige andere Kinder, die die Bücher und Malsachen zusammenpacken. »Wir müssen jetzt gehen. Wollt ihr uns beim Einpacken helfen?«

Ich sammele ein paar leere Seiten auf, die der Wind über den Platz geweht hat, und Prisca sagt, dass ich sie behalten kann. Ich freue mich! Jetzt kann ich wieder Bilder malen!

Ich möchte wissen, warum Hery immer so wütend ist. Eigentlich kenne ich ihn nur mit einem bösen Gesicht und sehe ihn fast immer wegrennen. Auf dem Weg nach Hause reden die Jungen immer wieder über den Kampf und schimpfen über Hery. Und dann machen sie Witze über die ausgelaufene Farbe und vor allem über Marainas grünes Gesicht.

Ich gehe schweigend hinterher, bekomme nur die Hälfte von dem mit, was sie so erheitert, denn ich muss immer wieder an Liva denken. Ich habe versucht, ihn nicht ständig anzuschauen. Aber das hat nicht geklappt. Irgendwie kam das wie von selbst. Aber er hat nur Augen für Tina gehabt. Sie ist auch so hübsch. Das finden alle. Ich auch, und ich bin traurig.

»Was ist los mit dir?« Tina zwickt mich in den Arm. »Warum sagst du nichts?«

»Sie ist verliebt«, kichert Zara.

»Bin ich nicht!«, brause ich auf.

»Klar bist du das«, Zara hakt mich ein. »Glaubst du, ich bin blind?«

Ich schaue sie erschrocken an.

»Ich sage nur Liva!«, brüllt sie vor Vergnügen.

»Hör auf!« Ich stoße sie von mir und renne voraus.

»Warte doch!«, ruft Zara. »Ich habe doch nur Spaß gemacht!«

So eine dumme Kuh! Von wegen Spaß! Für mich ist das blanker Ernst. Ich will nicht, dass Liva jetzt von Tina hört, dass ich mich in ihn verliebt habe! Oh, ist das peinlich! Und das nur, weil Zara den Mund nicht halten kann! Dabei hatte ich gedacht, dass sie meine Freundin ist. Ich werde nie wieder mit ihr sprechen. Das hat sie jetzt davon!

29

Betiana sitzt schweigend vor dem Haus. Unsere Mütter sprechen nicht miteinander, scherzen nicht wie sonst. Jede ist mit den eigenen Kochtöpfen beschäftigt. Ob sie sich gestritten haben?

Aus den Nachbarhäusern dringen laute Stimmen, Lachen, das Geschrei von Kindern und das Geklapper von Geschirr.

Als Niny Marainas nasses und grünlich angelaufenes Hemd sieht, runzelt sie die Stirn, fragt mit müder Stimme, was er denn gemacht hätte. »Das war Hery«, verteidigt Maraina sich.

»Hery hat ihn mit Farbe beworfen«, erklärt Toandro mit wichtiger Stimme.

»Prisca hat das weg gemacht«, ruft Boto.

Mutter schaut mich fragend an, und als ich ihr erzähle, was passiert ist, habe ich das Gefühl, als würde Niny mir gar nicht zuhören. Immer wieder wischt sie sich mit dem Ärmel über die Augen und ich sehe, dass sie weint.

»Das ist nicht so schlimm«, Maraina macht ein schuldbewusstes Gesicht.

»Nicht weinen, Niny.« Toandro schmiegt seinen Kopf an ihre Beine. »Das ist nur Farbe …«

»Ich weine doch nicht«, beruhigt Mutter die Zwillinge. »Meine Augen brennen von dem Rauch … Geht spielen. Ich rufe euch, wenn das Essen fertig ist.«

Niny nimmt mir Piso ab, setzt sich hin und legt sie an ihre Brust.

»Geht schon«, sagt sie noch einmal zu meinen Brüdern, die sich endlich mit Boto davonmachen.

»Ist was passiert?«, frage ich Niny.

»Sag es ihr«, fordert Soary Mutter auf. »Tody ist alt genug, nicht wahr, *Dadan'i Zara*?«, wendet sie sich an Betiana und dieser nickt.

»Ist was mit Dada?« Ich weiß nicht, warum ich plötzlich an Vater denken muss. »Ist er krank?«

Niny schüttelt den Kopf. »Er ist nicht krank … Er ist nur … verletzt …«

»Wieso ist er verletzt?«

»Es ist nichts Schlimmes …«, Niny schluchzt, »reg dich nicht auf …«

»Und warum weinst du?«, meine Stimme ist lauter als beabsichtigt. »Nun sagt doch! Was ist mit Dada? Wieso ist er verletzt?«

»Du machst den Kindern Angst.« Soary steht plötzlich neben mir, fasst mich am Arm. »Beruhige dich, und ich erzähle dir alles.« Sie nimmt mein Gesicht in ihre Hände und sieht mich eindringlich an.

»Kannst du jetzt zuhören?«

Ich nicke.

»Letzte Nacht hat es einen Einbruch auf dem Markt gegeben. Das sollen drei Männer gewesen sein. Sie waren bewaffnet, und sie haben einen Nachtwächter schwer verwundet.«

»Und was hat das mit meinem Vater zu tun?«

»Ein paar Marktleute haben ihn heute morgen geschlagen …!«, schluchzt Niny.

»Und warum?«, ich spüre eine große Wut in mir hoch kommen.

»Sie behaupten, dass er einer der Einbrecher war!«

»Dada war die ganze Nacht bei uns! Er hat hier geschlafen!«

»Genau!« Soary klingt nicht besorgt. »Deshalb wird ihm nichts passieren! Er wird bald wieder frei sein!«

»Wieso frei?«

»Andry ist vorhin gekommen und hat gesagt, dass die Polizei ihn mitgenommen hat.«

»Er hat doch nichts getan!«

»Es ist aber so, dass die Polizei erst einmal herauskriegen muss, ob die Leute, die deinen Vater beschuldigen, Recht haben oder nicht …«

»Andry hilft ihm bestimmt!«, höre ich Niny sagen.

30

Ich weiß nicht, was ich denken soll, ich weiß nur, dass Vater kein Dieb ist. Die Polizei hat ihn mitgenommen. Er ist verletzt. Was ist, wenn er Hilfe braucht? Holt die Polizei einen Arzt? Behandeln die Polizisten ihn gut? Oder schlagen sie ihn auch? Vielleicht schlagen sie ihn jetzt, in diesem Augenblick?

»Warum sagen die Leute das über Vater?«, schluchze ich. Mutter legt den Arm um mich, sagt, dass Soary sicher Recht hat und wir uns keine Sorgen machen sollten. »Er ist unschuldig und er wird bald wieder bei uns sein.«

»Warum weint Tody?«, höre ich Marainas helle Stimme.

»Wann kommt Dada?«, fragt Toandro.

»Dada sucht Onkel Randro. Ich weiß nicht, ob er heute oder morgen kommen wird.« Niny schickt die Zwillinge weg. »Geht spielen!«

»Die Kleinen brauchen das nicht zu wissen«, flüstert sie mir zu. »Mach nicht so ein Gesicht und hilf mir beim Kochen!«

Heute abend essen unsere Familien zusammen, und als Zara sich neben mich setzt und meine Hand drückt, spüre ich, dass meine Wut über sie, die ich vor einer Stunde noch gehabt hatte, verdrängt worden ist von der Sorge um meinen Vater.

Bald wird Betiana wie jeden Tag zur Arbeit gehen, und normalerweise würde Dada zur selben Zeit nach Hause kommen. Er würde sich zu uns setzen, von Niny den Teller Reis entgegennehmen, essen. Und danach, wenn er nicht zu müde wäre, würde er eine Weile mit uns Frauen und Kindern am Feuer sitzen bleiben.

Heute aber wird Vater nicht nach Hause kommen. Ich stochere in meinem Teller herum, schiebe den Reis und die Bohnen hin und her. Der Gedanke, dass er vielleicht nichts zu essen bekommt, nimmt mir den Hunger.

»Tody!«, Niny schüttelt tadelnd den Kopf. Ich stecke einen Löffel Reis in den Mund, kaue und spüre dabei, wie sich mein Magen zusammenkrampft.

»Ich kann nicht!« Ich reiche Mutter den vollen Teller.

»Davon wird dein Vater auch nicht satt«, murmelt Niny und gibt den Zwillingen von meinem Reis.

Es fällt mir schwer, dem fröhlichen Geplapper von Boto, Maraina und Toandro zu folgen, die mich nach dem Essen auch noch auffordern, eine Geschichte zu erzählen. »Ich bin müde«, wehre ich sie immer wieder ab, und schließlich rettet Zara mich mit den Worten, dass sie ihnen heute von dem schrulligen Paar Ranalahy und Ranavavy erzählen wird.

Als Mutter mir die schlafende Piso reicht, trage ich sie in unser Zimmer, lege mich neben sie auf die Bastmatte und schließe die Augen. Von draußen dringt das Gekicher der Kinder und Zaras gedämpfte Stimme zu mir, die erzählt, wie Ranalahy und Ranavavy eines Tages im Wald eine Taschenlampe finden und damit versuchen Feuer zu machen.

Mir ist nicht zum Lachen zumute und ich beneide die Kleinen, für die die Welt noch so ist wie zuvor.

Später, als auch die Zwillinge schlafen, schleiche ich mich nach draußen zu Niny, Soary, Zara und Maryse. Ich weiß nicht, ob Maryse schon gehört hat, was Hery heute angestellt hat, spreche sie aber auch nicht darauf an. Wir sitzen um das kleine Feuer, horchen auf die Geräusche der Nacht und hängen unseren Gedanken nach.

Als Andry endlich den Hof betritt, ist es, als hätten wir auf ihn gewartet, und wir atmen auf. Mutter erhebt sich, geht ihm entgegen, begrüßt ihn und fragt, ob er etwas essen möchte.

»Meine Frau wartet mit dem Essen«, entschuldigt er sich. »Aber wenn du etwas Wasser hast …«

»Hast du Dada gesehen?«, unterbreche ich ihn.

»Deinem Vater geht es gut«, Andry nimmt den Becher mit Wasser von Mutter entgegen. »Ich habe ihn vor einer Stunde auf der Polizeistation besucht.«

»Er ist verletzt … nicht wahr?«, frage ich.

»Nur ein paar blaue Flecken.« Andry schüttelt den Kopf. »Schlimm verletzt ist der Nachtwächter … Der liegt bewusstlos im Krankenhaus.«

»Aber Dadan'i Tody hat damit nichts zu tun!«, schluchzt Niny.

»Ich weiß«, sagt Andry. »Deshalb bin ich ja zur Polizei gegangen. Ich habe ihnen gesagt, dass er in der Nacht zu Hause gewesen ist. ›Woher weißt du das?‹, wollten die wissen. ›Ich weiß das von seiner Frau‹, habe ich geantwortet. Da haben sie gesagt, dass das nichts nützt. ›Vielleicht lügt seine Frau‹, haben sie gesagt. ›Ich kenne ihn und seine Frau‹, habe ich gemeint. ›Das sind gute und ehrliche Leute.‹«

Andry rät Niny, morgen zur Polizei zu gehen und zu sagen, dass ihr Mann die ganze Nacht zu Hause gewesen sei.

»Aber du hast doch eben selbst gemeint, dass sie mir nicht glauben werden!«

»Trotzdem musst du es ihnen sagen.«

»Ich begleite dich«, sagt Soary, und Mutter nickt.

»Aber wieso sagen die Marktleute, dass Vater ein Dieb ist?«, will ich von Andry wissen.

»Nicht alle Standbesitzer beschuldigen ihn. Drei von ihnen sind mit mir zur Polizei! Sie haben sich für deinen Dada eingesetzt …«

»Aber warum glaubt die Polizei denen, die ihn beschuldigen und nicht euch?«, unterbreche ich ihn heftig.

»Weil sie einen Schuldigen brauchen? Weil dein Vater für sie alle – auch für die Polizisten – immer noch ein Fremder ist? … ich weiß es nicht …« Andry zuckt dabei ratlos mit den Schultern.

»Sie haben ihn geschlagen!«

»Mach dir deswegen keine Sorgen!« Andry lacht grimmig und zeigt seine Fäuste. »Ich habe eingegriffen, und ich kann dir nur sagen, dass die, die ihn geschlagen haben, auch ihren Teil abbekommen haben!«

Lange nachdem Andry fort ist, sitzen wir noch zusammen.

»Ich habe das vorhin nicht so gemeint«, Zara legt den Arm um mich, »das mit Liva …«

»Ach das … das habe ich schon vergessen«, flüstere ich. »Ich habe nur Angst … wegen Dada …«

31

Am nächsten Morgen, gleich nach dem Frühstücksreis, machen sich Mutter und Soary auf den Weg zur Polizeistation. Sie nehmen Piso und Bozy mit, während Zara und ich bei unseren Brüdern bleiben. Ich kehre den Hof, räume unsere Hütte auf und denke dabei die ganze Zeit an Vater.

Als Zara und ich Wasserholen gehen, verstummen die Gespräche der Nachbarn bei unserem Nahen, und ich spüre wie ihre Blicke mich verfolgen. »Sie reden über meinen Vater!«, stoße ich zwischen zusammengepressten Zähnen hervor.

»Das ist hier so«, sagt Zara. »Nachrichten dieser Art haben Flügel in Antohomadinika.«

Als wir bei Tina vorbeikommen, ruft uns ihre Mutter zu sich; eine große stämmige Frau mit Armmuskeln wie ein Mann, und sie fragt, ob ich etwas Neues über Vater weiß. Ich berichte, dass Niny zur Polizei gegangen ist, um auszusagen, dass Vater die ganze Nacht zu Hause gewesen ist.

»Das sollte sie auch den Marktleuten sagen«, rät sie. »Denn wenn die weiterhin behaupten, dass er einer der Diebe war, kommt er nicht so schnell frei.«

»Aber er ist unschuldig!«, brause ich auf.

»Glaub mir, ich weiß, wovon ich rede«, seufzt Tinas Mutter und dann erzählt sie uns, wie sie selbst einmal unschuldig ins Gefängnis gekommen war. Damals hatte sie als Wäscherin gearbeitet, und eines Tages hatte eine ihrer Kundinnen sie bezichtigt, eine Hose gestohlen zu haben. »Ich schwor, dass ich alle Wäschestücke zurückgebracht hatte. Aber die Frau wollte nichts davon wissen. Sie hat die Polizei gerufen und ich bin in Untersuchungshaft gekommen. Drei Monate! Tina war damals zwei Jahre und ihr Bruder sieben. Ich weiß nicht, was mit ihnen passiert wäre, wären meine Schwestern nicht gewesen …«

»Und wie bist du frei gekommen?«

»Die Frau hat die Hose wieder gefunden!« Tinas Mutter schüttelt den Kopf, als würde sie das immer noch nicht glauben. »Wenigstens hat sie den Anstand gehabt, das der Polizei zu melden, und ich konnte wieder nach Hause kommen!«

Andere Nachbarn haben sich zu uns gestellt. »Ich kenne deinen Vater von der Müllhalde«, sagt ein alter Mann. »Das Gefängnis ist voll mit Menschen wie er ...! Merke dir, die Gesetze sind nur gut für die Reichen!«, dabei macht er ein böses Gesicht.

Eine Frau meint, dass er aufhören solle, mir Angst zu machen, und eine andere sagt, dass ich beten solle und dass Gott alleine uns helfen werde.

»Wir müssen los«, sage ich leise, »Wasser holen«, und nehme meinen leeren Eimer wieder auf. Zara und ich verabschieden uns von dem kleinen Menschenauflauf, der sich um uns vor Tinas Haus gebildet hat. Keiner hat etwas Böses über Vater gesagt, und trotzdem tun mir alle ihre Worte weh.

Zum Glück sind beim Wasserhahn nur ein paar Kinder, und die haben wohl noch nicht die neuesten Nachrichten aus Antohomadinika gehört. Auf dem Rückweg schlage ich die Augen nieder, gehe mit schnellen Schritten und lasse mich weder von neugierigen Blicken noch von neugierigen Fragern aufhalten.

Mutter und Soary sind noch nicht zurück. Die Jungen haben irgendwo einen alten Reifen gefunden, den sie abwechselnd und dann wieder gemeinsam um die Hütten und durch den Hof rollen. Zara holt Holz, entfacht das Feuer neu, während ich den Reis wasche, aufsetze und dann grüne Bohnen in kleine Stücke breche.

Maryse kommt uns besuchen. Sie hat das Baby Peta und die kleine Fara dabei, die sofort, als sie Zara sieht, die Händchen nach ihr ausstreckt.

»Soll ich dir die Haare kämmen?« Fara nickt, Zara nimmt sie in ihre Arme und geht mit ihr ins Haus.

Schweigend setzt sich Maryse neben mich und schaut mir bei der Arbeit zu. Ich sehe, dass ihre Augen verquollen sind, und mit den dunklen Schatten, die sich unter ihnen abzeichnen, wirkt ihr Gesicht noch weißer als sonst.

»Ihr habt selbst genug Probleme«, sagt Maryse leise. »Ich wollte euch gestern Abend nicht mit meinen Sorgen beladen ... wegen Hery. Ihr habt ihn doch gesehen?«

Wir erzählen von dem gestrigen Tag, der Prügelei und dass er danach weggelaufen ist.

»Er ist seit einer Woche nicht nach Hause gekommen … Was soll ich nur tun? Ich verliere ihn!«, schluchzt sie plötzlich. »Ich verliere ihn!«

Ich lege den Arm um sie. »Zara und ich können ihn suchen gehen«, schlage ich vor.

»Ich suche ihn ständig und überall!«, klagt Maryse. »Und wenn ich ihn finde, läuft er weg!«

»… und er ist so schnell wie ein Katze!«, versuche ich zu scherzen.

Maryse tupft sich mit ihrem Schultertuch über die nassen Augen. »Das ist wahr«, seufzt sie. »Schnell ist er!«, und sie lacht leise.

Maryse bleibt so lange, bis Zara Fara zwei Zöpfe geflochten hat.

»Wenn ihr Hery trefft, sagt ihm, dass seine Mama auf ihn wartet«, bittet sie uns beim Fortgehen.

Ich bin traurig wegen Dada, und Maryse tut mir Leid und auch Hery. Ich will, dass dieser Stein, der mir auf der Brust liegt und mir die Luft nimmt, verschwindet! Ich möchte, dass Vater wieder da ist und Hery nach Hause zurückkommt! Ich wollte, ich wäre in Morakondro! Dann würde ich zu meinen Razana gehen und sie um Hilfe bitten.

Als Madame Vero unseren Hof betritt, verstecke ich mich im Haus, ich habe keine Lust auf die neugierigen Fragen von Frau Zeitung! Durch einen Spalt in der Wand beobachte ich Zara, wie sie sich mit ihr unterhält, und ich gehe erst wieder nach draußen, nachdem sie uns schon eine Weile verlassen hat.

32

Die Jungen waschen sich schnell die Hände und setzen sich dann zu uns um die dampfenden Töpfe. Zara und ich verteilen Reis und Bohnen auf ihre Teller, und unsere Brüder langen hungrig zu. Als Maraina plötzlich nach Vater fragt, bin ich nicht darauf gefasst, verschlucke mich und sage dann, dass Vater Onkel Randro sucht. Doch Maraina scheint nicht zufrieden mit meiner Antwort zu sein, runzelt die Stirn und fragt nach Niny.

»Sie ist mit meiner Mama in Tananan-tsinoa«, antwortet Zara für mich.

»Aber sie haben die Kleider vergessen.« Toandro schüttelt bedauernd den Kopf.

»Ja, das haben sie …«, sage ich. »Und jetzt esst!« Ich weiche dabei Marainas Blick aus.

Erst am späten Nachmittag kommen unsere Mütter wieder zurück. »Frag mich nicht«, murmelt Niny, drückt mir Piso in die Arme und geht in unser Zimmer. Ich bringe ihr einen Teller mit Reis und grünen Bohnen, setze mich zu ihr auf den Boden und fordere sie zum Essen auf.

»Nachher«, sie dreht sich auf die Seite. »Ich bin müde …«

Von Soary erfahre ich, dass sie und Mama nach mehreren Stunden Warten auf der Polizeistation erfahren hatten, dass Vater sich in Untersuchungshaft befindet. Sie sind dann sofort los zum Gefängnis, wo sie an der Pforte abgewiesen wurden, da sie keine Besuchserlaubnis vorzeigen konnten. Der Pförtner hatte ihnen gesagt, dass sie diese beim Gericht bekommen, aber sie sollten sich lieber erst morgen dorthin begeben, denn jetzt sei es zu spät, und die Büros würden bald schließen.

»Also habt ihr gar nichts erreicht?«, frage ich, und Soary schüttelt den Kopf.

Ich erzähle ihr von dem Gespräch mit Tinas Mutter, und dass sie auch einmal in Untersuchungshaft gewesen sei. »Sie meinte, dass wir mit den Marktleuten sprechen sollten.«

»Ob das was bringt?«, bezweifelt Soary. »Das sind doch die,

die behaupten, dass er einer der Einbrecher war. Der Bruder einer dieser Marktleute ist Polizist. Ihm wird eher geglaubt als deinem Vater.«

»Aber Dada ist unschuldig!«

»Das wissen wir. Aber können wir das auch beweisen?«

»Er war die ganze Nacht hier!«

»Das haben wir der Polizei gesagt. Die haben nur gelacht …«

»Und der verletzte Nachtwächter?«, fällt mir plötzlich ein. »Der muss die Einbrecher doch gesehen haben! Der wird sagen, dass Vater unschuldig ist!«

»Das haben wir uns auch gedacht.« Soarys Stimme klingt irgendwie mutlos. »Deshalb sind wir auf dem Rückweg zu Andry, und er hat uns den Namen des Mannes und das Krankenhaus, in dem der liegt, genannt.«

»Habt ihr ihn gefunden?«

»Wir sind zum Hospital …«

»… habt ihr mit ihm gesprochen?«, unterbreche ich sie ungeduldig.

»Das ging nicht«, Soary schüttelt bedauernd den Kopf, »er hat Verletzungen am Kopf und ist bewusstlos. Wir können nur hoffen, dass er bald wieder bei Bewusstsein ist und wir ihn dann besuchen dürfen.«

Am nächsten Tag steht Vaters Name in der Zeitung, und Maraina, der noch nicht lesen kann, fragt: »Warum ist Dada im Gefängnis?«

33

Ich bin mit zum Gericht gegangen, und wir haben erfahren, dass immer nur zwei Leute einen Gefangenen besuchen dürfen. Da hat Niny ihren und meinen Namen auf die Bescheinigung geschrieben, und weil Piso ein Baby ist, darf sie auch mit. Die Besuchstage sind jeden Donnerstag und Sonntag. Der Beamte, der uns die Erlaubnis ausgestellt hat, hat gesagt, dass wir an den anderen Tagen für Vater Essen an der Pforte abgeben können.

Wir warten täglich darauf, dass Dada aus der Untersuchungshaft entlassen wird, doch die Tage reihen sich aneinander, und bald sind es schon vier Wochen, dass er im Gefängnis ist. Niny besucht ihn zweimal in der Woche, und so weiß ich von ihr, dass Vaters Auge nicht mehr geschwollen ist und er seinen Arm wieder bewegen kann.

Ich gebe für ihn an manchen Tagen Reis und Gemüse, das er sich selbst kochen kann, an der Pforte ab. Der Wärter schreibt dann meinen Namen und den von Vater auf und was und wieviel ich ihm gebracht habe. Auch andere bringen ihren Freunden und Verwandten Essen ins Gefängnis.

Wenn Niny nicht gerade Vater besucht, für Soary wäscht oder sie zum Altkleidermarkt in Tananan-tsinoa begleitet, ist sie unterwegs in der Stadt. Schon am frühen Morgen bindet sie sich Piso auf den Rücken, und wenn sie am Abend, bevor es dunkel ist, zurückkommt, tun ihr die Füße weh, ist sie müde und hat keine Geduld mit Piso, die besonders quengelig ist, und mit den Zwillingen, die ihr in den Ohren liegen, weil sie den ganzen Tag nichts gegessen haben.

Niny bringt uns manchmal Lebensmittel mit, und ab und zu hat sie sogar etwas Geld dabei, das sie für Dada zur Seite legt, damit er sich im Gefängnisladen etwas zu essen kaufen kann. Dada hat noch keinen gefunden, für den er im Gefängnis arbeiten und dabei etwas Geld oder Essen verdienen könnte, so wie andere Gefangene, die für reiche Insassen oder sogar für die Wärter kochen und die Wäsche waschen.

Von dem, was Niny am Tage einnimmt und was Soary ihr für das Waschen der Wäsche gibt, können wir die Miete nicht bezahlen, und wir sind froh, dass Betiana nicht darauf besteht und auf Vater warten will.

An manchen Abenden bringt Andry uns auf dem Heimweg Reste aus seinem Restaurant mit, und wir haben etwas mehr zu essen als sonst. Von ihm erfahren wir dann auch, dass der verletzte Nachtwächter wieder bei Bewusstsein ist, sich aber noch an nichts erinnern kann.

Sonntags, bevor Niny zum Gefängnis geht, gehen wir in die nahe Kirche zum Gottesdienst. Der Pfarrer, der aus einem afrikanischen Land kommt und nicht so gut Madagassisch spricht, gibt uns jedesmal, seit er weiß, dass Vater im Gefängnis ist, Reis und etwas Speiseöl mit nach Hause.

Alle in Antohomadinika kennen unsere Familie oder haben von uns gehört. Zuerst war mir das peinlich und am liebsten wollte ich mich verkriechen. Zu Beginn haben die Leute über uns geredet. Das habe ich schon gemerkt. Aber jetzt haben sich alle daran gewöhnt, dass Vater im Gefängnis ist. Manchmal beim Wasserholen werde ich noch gefragt, wie es Dada geht und ob ich etwas Neues weiß. Meistens aber lassen die Leute mich in Ruhe.

Obwohl Madame Ravoloson und Madame Oly nicht weit von uns wohnen, hatten wir früher nicht viel mit ihnen zu tun gehabt. Doch ein paar Tage, nachdem das mit Vater passiert war, sind sie zu uns gekommen. »Wir haben selbst nicht genug«, haben sie Niny gesagt. »Aber sag Bescheid, wenn ihr nichts zum Beißen habt.«

»Ich schaffe das schon«, Niny hat sich bedankt. »Wenn ihr nur ein Auge auf meine Jungen habt …«

34

Ich habe Niny lange darum bitten müssen, doch an diesem Sonntag darf ich sie endlich zu Vater begleiten, während Soary und Zara auf die Zwillinge aufpassen werden. Als Maraina und Toandro davon erfahren, wollen sie auch Dada besuchen.

»Das geht nicht!«, wehrt Niny sie ab. »Ihr seid noch zu klein!«

»Piso ist viel kleiner und darf immer mit!«

»Das ist was anderes!«

Madame Oly, die uns gerade besucht, sagt den Jungen, dass sie ganz viel frischen Maniok von ihrem Bruder bekommen hat und sie zu ihr zum Essen kommen sollen. »Alleine kann ich das nicht aufessen!«

»Ich will aber kein Maniok!«, hat Maraina geschrieen und dabei mit den Füßen auf den Boden gestampft. »Ich will zu meinem Dada!«

»Wenn du nicht aufhörst, setzt es was!«, hat Niny gebrüllt und die Zwillinge waren so erschrocken, dass ich dachte, dass sie gleich losheulen würden. Aber dann hat Maraina Toandro am Arm gezogen. »Komm!«, hat er ihm gesagt. »Wir gehen jetzt spielen!«

Ich weiß, dass meine Brüder Dada genauso vermissen wie ich. Aber nachdem Niny mir nach und nach Dadas Leben im Gefängnis beschrieben hat, denke ich auch, dass es besser ist, wenn sie ihn dort nicht besuchen.

Dada und mehrere hundert andere Untersuchungsgefangene werden jede Nacht in einem großen Raum eingeschlossen, in dem sich nur eine Toilette befindet. ›Deshalb stinkt es dort so sehr, dass wir alle froh sind, wenn wir am Morgen in den Hof müssen‹, hat er Niny erzählt. Aber die frische Luft ist der einzige Vorteil, den sie davon haben, dass sie sich den ganzen Tag und bei jedem Wetter draußen aufhalten müssen. Im Hof gibt es keine Abwechslung; nur ein langes Warten auf die einzige Mahlzeit zum Abend: getrocknete Maniokwurzeln, die in einer Zentralküche gekocht werden.

Wenn ein Gefangener kein zusätzliches Essen von seinen Angehörigen bekommt und auch kein Geld hat, um sich im Gefängnis etwas zu kaufen, bleibt ihm nur diese eine Mahlzeit am Tag. Danach werden alle wieder eingeschlossen, wo sie die Nacht auf engem Raum verbringen und auf den nächsten Morgen warten

Auf unserem Weg am Kanal entlang, hinter der kleinen Holzbrücke, sehen wir Arbeiter ein Riesenrad aufbauen, während ihnen eine aufgeregte Menge von Kindern und Erwachsenen zuschaut. Ich drehe mich immer wieder um und sage mir, dass mein Versprechen sich endlich bewahrheitet und meine Brüder bald von hoch oben vom Riesenrad aus unseren Stadtteil sehen werden.

Wir laufen quer durch die Stadt, und als wir schließlich am

Gefängnistor ankommen, der Beamte am Schlagbaum unseren Besucherpass anschaut und uns dann durchlässt, bin ich ganz aufgeregt bei dem Gedanken, dass ich endlich Vater wiedersehen werde. Ich laufe Niny hinterher, den Hügel hoch, an den Bürogebäuden vorbei und dann durch den Haupteingang, der zu den Gefangenenräumen führt.

Bisher habe ich immer beim alten Wärter Halt gemacht, dem ich die Lebensmittel für Vater abgegeben habe. Auch heute will der Alte wissen, was wir in unseren Töpfen haben, mit dem Unterschied, dass nicht er, sondern wir Vater das Essen geben werden. Mürrisch hebt der Wärter den Topfdeckel hoch, prüft wortlos den Inhalt, schreibt etwas in sein Heft und schickt uns mit einer Kopfbewegung zu der Eisentür, vor der ein älterer Junge, ein Häftling, sitzt, den ich schon öfter gesehen habe und von dem ich weiß, dass er wegen guter Führung die Tür für die Besucher öffnen darf.

Wir gelangen in einen kleinen Hof, an dessen Seiten sich Büros befinden.

Ich folge Niny, die vor einer offenen Tür stehenbleibt, und wir treten erst ein, als der uniformierte Mann, der an einem großen Schreibtisch sitzt, uns fragend anschaut.

»Ich möchte meinen Mann besuchen«, Ninys Stimme zittert.

»Sie kenne ich und wer ist die Kleine?«, fragt er mit mürrischer Stimme.

»Das ist unsere Tochter … sie darf ihn auch besuchen.« Niny überreicht ihm unsere Besucherbescheinigungen, die er sich schweigend und mit gerunzelter Stirn anschaut.

»Was ist das in euren Töpfen, und habt ihr sonst noch was dabei?«, fragt er nach einer Weile.

»Reis und Fleisch und Geld … damit mein Mann sich was kaufen kann …« Ninys Hand verkrampft sich auf meiner Schulter. Ich höre Schritte hinter uns und als ich mich umschaue, sehe ich eine hagere ältere Frau den Raum betreten. »Sie wird Sie durchsuchen …«, der Mann trägt etwas in ein großes Heft ein, beachtet uns nicht mehr.

Ich zucke zusammen, denn plötzlich spüre ich fremde Hände an meinem Körper, die mich überall abtasten.

Warum hat Niny mir nichts davon erzählt? Mir wird ganz heiß vor Scham und Wut und ich spüre, wie mir die Tränen kommen. Am liebsten möchte ich diese fremden Hände abschütteln, die Wärterin abwehren. Stattdessen senke ich meine Augen, presse die Lippen zusammen und warte, bis sie endlich mit mir und dann mit Niny fertig ist.

»In Ordnung«, brummt sie nach der Leibesvisitation, schaut sich dann den Inhalt in unserem Topf an, stochert mit dem Löffel darin herum und meint, dass es uns gut zu gehen scheint, denn da sei ja sogar Fleisch drin. Niny und ich reagieren nicht darauf und sind froh, als die Frau uns endlich aus dem Raum führt. Am Ende des Hofs sitzt vor einer schweren Eisentür wieder ein »Aufmacher«, der uns die Tür mit einem freundlichen Lächeln weit aufstößt und uns einen langen schlauchartigen Gang betreten lässt, der zu beiden Seiten von hohen Mauern umrahmt ist. Während uns die Wärterin drängt, ihr schnell zu folgen, entdecke ich in den dicken Mauern einen vergitterten, bewachten Eingang nach dem anderen. Und überall in dem engen Weg stehen Männer herum, deren Stimmen sich mit dem Lärm jener vermischen, die sich jenseits der Mauern befinden. Ich versuche den neugierigen Augen der Männer auszuweichen und bin doch selbst neugierig. Hier und da entlang der grauen Wände brutzeln kleine Töpfe über dem Feuer, und der Geruch von Essen vermischt sich mit dem Gestank von Schweiß und Urin. Ich versuche, beim Vorübergehen einen Blick hinter die Gittertüren zu werfen in der Hoffnung, Vater zu sehen. Doch die meisten Eingänge sind mit Strohmatten abgedeckt, und nur einmal gelingt es mir, in den Hof dahinter – da hat die Abdeckung ein großes Loch – zu schauen. Ich sehe viele Männer, aber Dada ist nicht unter ihnen.

Endlich bleibt die Frau vor einem der Gittertore stehen. Sie gibt dem davor sitzenden Wärter unsere Besucherpapiere, die er sich lange anschaut, und als er endlich aufsteht, um uns aufzuschließen, höre ich Niny neben mir erleichtert aufatmen. Wir betreten einen anderen länglichen Hof, in dem sich mehrere kleine, mit Maschendraht abgegrenzte Abteile befinden, und Niny flüstert mir zu, dass diese die Besucherräume sind. »Wartet hier«, unsere Wärterin deutet auf eine der leeren Absperrungen. »Euer Verwandter wird gleich gebracht.«

Als Vater nach einiger Zeit in Begleitung eines Wärters den Hof betritt, hüpft mein Herz sowohl vor Freude als auch vor Erschrecken, denn ich sehe, dass es ihm nicht gut geht. Er hat abgenommen, seine Kleider flattern lose an seinem Körper, sein Gesicht sieht grau und müde aus und auf seiner Stirn haben sich tiefe Falten eingegraben. Ich laufe zu ihm, umarme ihn und versuche dabei so zu tun, als würde ich mir keine Sorgen um ihn machen.

»Du hättest nicht kommen sollen«, sagt Vater leise. »Dies ist nichts für dich.«

»Ihr habt fünf Minuten!«, ruft der Uniformierte dazwischen.

Mutter guckt zu dem Wärter, und ich sehe ihr an, dass sie ihm etwas erwidern will. Ich kenne dieses Gesicht, das sie bekommt, wenn sie wütend ist. Zum Glück sagt sie nichts zu dem Mann, antwortet stattdessen Vater: »Tody hat mich so lange gequält, bis ich nachgegeben habe.« Sie händigt ihm den Topf aus und gibt ihm die 1000 Ariary, die sie für ihn beiseite gelegt hatte. »Wir haben dir Reis und Fleisch und Gemüse gekocht«, sie lächelt ihn an. »Das wird dir bestimmt schmecken!«

»Habt ihr denn selbst genug zu essen?« Vater runzelt die Stirn. »Reis und Gemüse hätten es auch getan ...«

»Mach dir um uns keine Gedanken!« Mutter gibt ihm Piso, die sich sofort an ihn schmiegt, ihn dann aber anschaut, mit ihren kleinen Händchen an Augen, Nase und Wangen fasst, dabei lustige kleine Laute macht und zum Lachen bringt.

»Die fünf Minuten sind gleich vorbei!«, ruft der Wärter.

»Was machen die Jungen?«, fragt Vater mit gehetzter Stimme. Piso fängt an zu weinen und ich nehme sie ihm ab, wiege sie in meinen Armen und versuche sie so zu beruhigen.

»Sie spielen von morgens bis abends.« Mutters Stimme klingt so leicht und heiter, als würden wir am Feuer sitzen und sie würde Dada, der von der Arbeit heimgekommen ist, von ihren Erlebnissen berichten. »Heute haben sie ein Riesenrad in Antohomadinika aufgebaut! Nicht wahr, Tody? Da werde ich sie bestimmt den ganzen Tag nicht sehen!« Sie lacht. »Mach dir keine Sorgen! Uns geht es gut!« Vater nickt und versucht zu lächeln. »Ich weiß«, sagt er. »Solange du da bist, geht es uns allen gut …«

»Du bist unschuldig.« Niny nimmt seine Hand in die ihre. »Deshalb kommst du bald frei … Du wirst sehen.«

Vater schüttelt den Kopf: »Das ist alles meine Schuld«, er senkt den Kopf. »Ich hätte euch nicht hierher bringen sollen … Wir sind jetzt viel schlechter dran als zuvor …«

»Die Armut macht mir nichts«, flüstert Niny. »Ich bin lieber arm und habe dich und die Kinder um mich, als reich und allein zu sein.«

»Mir geht es wie dir.« Dada wischt sich mit dem Ärmel über das Gesicht. »Wenn ich nur bald wieder bei euch sein könnte …«

»Das wirst du!«

Der Wärter drängt sich neben Vater. »Mach schon«, er klingt ungeduldig. »Die Besuchszeit ist um.«

»Sofort.« Schnell füllt Dada das Essen in seine mitgebrachte Schüssel.

Der Wärter packt ihn am Arm: »Los!«

»Macht euch keine Sorgen.« Dada ist schon am Gehen. »Mir geht es gut …«

Mir kann er nichts vormachen. Auch wenn er sagt, dass es ihm gut geht. Ich weiß, wie es in ihm wirklich aussieht. Ich brauche nur in sein Gesicht zu schauen, und schon weiß ich, wie es ihm geht.

Als die Tür hinter ihm zugeschlagen wird, kommen mir die Tränen. Niny nimmt mir Piso ab, legt den Arm um mich und streichelt mir über den Rücken, bis die Wärterin uns abholt. Wie blind laufe ich neben Mutter her durch den schmalen Gang, der zu den Gefängnishöfen hinter den hohen Mauern führt, vorbei an den vielen Menschen, durch den Lärm und all die Gerüche. Draußen in der heißen Sonne drehe ich mich noch einmal um, stelle mir Vater in einem der Höfe vor; er sitzt da jetzt irgendwo in einer Ecke und wartet darauf, dass der Tag zu Ende geht.

In dieser Nacht träume ich, dass ich in Morakondro bin und dass Dadabé mich an die Hand nimmt und mit mir den Hügel hoch zu den Razana geht. Ich erzähle ihm, dass Dada im Gefängnis ist und Großvater sagt, dass er das schon von Vater weiß: »Ich besuche ihn jede Nacht.«

»Kannst du Dada helfen?«, will ich von ihm wissen. Großvater lächelt, setzt sich mit mir unter den Guavenbaum und erzählt etwas Lustiges, dass mir vor Lachen die Tränen kommen. Dadabé sammelt meine Tränen auf und begießt mit ihnen die Erde. Erstaunt sehe ich, dass an der Stelle ein kleiner Strauch mit weißen Blüten wächst.

Am Morgen wache ich mit einem Lächeln auf. Ich bin so froh, dass ich Dadabé gesehen und gesprochen habe, und als ich Niny davon erzähle, sagt sie, dass Dadabé uns mit diesem Traum mitgeteilt hat, dass er und die Razana uns helfen werden.

35

Hoffentlich kommt Niny bald. Mein Bauch ist ein tiefes Loch. »Ich habe Hunger«, Maraina setzt sich auf meine Brust. »Komm!«, fordert er. »Du musst was kochen!«

»Wir haben nichts«, sage ich.

»Wir könnten Frau Oly fragen«, schlägt er vor.

»Wir können sie nicht immer anbetteln.«

»Vielleicht hat Soary was?«, meint Toandro.

»Das geht auch nicht.« Ich setze mich auf. »Wir könnten zum Riesenrad gehen!«, versuche ich meine Brüder abzulenken. Es ist jeden Tag in Betrieb und immer von Kindern belagert. Manchmal stellen wir uns dazu und schauen den anderen bei der Fahrt durch die Luft zu. Maraina und Toandro sind einmal damit gefahren, und am Abend, als Niny aus der Stadt zurückkam, hatten sie ihr aufgezählt, was sie alles von oben gesehen hatten.

»Ich hab aber Hunger«, Toandro weint. »Ich will was essen ...«

»Niny bringt uns was«, versuche ich ihn zu trösten.

»Aber das dauert so lange«, schnieft er. »Ich will jetzt was essen!«

»Wir können leere Plastikflaschen suchen!«, schlägt Maraina

vor. »Die bringen wir Andry, und er wird uns sagen, wo wir sie verkaufen können.«

»Ja! Ja! Ja!« Toandro hüpft begeistert von einem Bein auf das andere und will am liebsten gleich los. »Dann haben wir eigenes Geld und können uns was zu Essen kaufen!«

»Und wenn Niny kommt und wir sind nicht hier ...?«, versuche ich einzuwenden, doch mein knurrender Magen findet Marainas Vorschlag auch gut, und die Jungen brauchen nicht lange, um mich zu überreden. Wir laufen so schnell wie nie zuvor am Riesenrad vorbei und über die schmale, wacklige Holzbrücke auf die andere Seite des Kanals. Als ich Jocelyn sehe, winke ich ihr zu und bleibe nicht stehen, und wir bleiben auch nicht stehen, um den Mann zu beobachten, der bis zur Brust im grünen Kanalwasser hockt und mit beiden Händen im Schlamm nach irgendwelchen Dingen wühlt und sie in einen Plastiksack steckt, um sie später zu verkaufen. Heute ist er keine Attraktion für uns, denn heute wollen wir selbst etwas finden.

Unser Ziel ist der Müllberg am Ende des Kanalwegs, der in eine enge und stark befahrene Straße mündet. Hier gibt es viele Geschäfte und kleine Verkaufsbuden, deren Besitzer manchmal sogar etwas Essbares, weil sie es nicht mehr verkaufen können, auf den Abfallhaufen werfen.

Eine Frau mit Baby stochert im Müll und ein magerer Hund kaut an einem Knochen. »Wir sind spät«, sagt die Frau zu uns. »Die guten Sachen haben andere in der Nacht abgeräumt.«

Ich finde einen abgebrochenen Besenstil, den ich Maraina und Toandro gebe und wühle selbst mit bloßen Händen in dem Haufen; an den Gestank gewöhnen wir uns schnell.

»Ich hab was!« Maraina strahlt, hält etwas Weißes in seiner hoch erhobenen Hand, und Toandro, der neben ihm steht, versucht diese zu sich herunterzuziehen. Ich gehe hinzu, nehme Maraina den fast vollen Joghurtbecher ab, reiße den auf einer Seite klebenden Deckel ab und entferne damit den Schmutz auf dem Joghurt.

»Jetzt könnt ihr das essen.«

Die Zwillinge holen sich mit ihren Fingern den restlichen Joghurt, schmatzen dabei vergnügt, und als sie fertig sind, legen sie den leeren Becher zu den zwei Flaschen, die ich gefunden habe.

Auf der Suche nach noch mehr Joghurt wühlen die Jungen mit Begeisterung in dem Müll, finden dabei ein zerlöchertes altes Hemd, eine rostige Pfanne und einen einzelnen Schuh, der eigentlich noch ganz gut aussieht. »Wenn ihr den anderen findet, können wir die vielleicht verkaufen«, sage ich und lege ihn zu den inzwischen acht Plastikwasserflaschen, die ich gefunden habe.

»Ich habe Hunger«, quengelt Toandro.

Ich stochere in einem Haufen von verdorbenem Obst und Gemüse, klaube daraus eine fast noch gute Apfelsine heraus, die Toandro sich mit Maraina teilt.

»Ich mag nicht mehr«, quengelt Toandro wieder, während Maraina weiter wühlt.

»Hier sind ganz viele!«, jubelt Maraina plötzlich und hält eine Plastikflasche in die Höhe. Wir nehmen nur die Besten und haben sogar genug für die Frau mit dem Baby.

Weil wir keinen Sack für unsere Schätze haben, lassen wir den Schuh und den Joghurtbecher zurück. Ich klemme mir zehn und meine Brüder jeweils sechs Flaschen unter die Arme und wir machen uns auf den Weg zu Andry. Vielleicht kauft er uns ja unseren Fund ab, und wenn nicht, wird er uns sicherlich sagen, wo wir ihn verkaufen können.

Wir gehen so schnell wie unsere Last es uns erlaubt. Dabei reden die Zwillinge ununterbrochen und erzählen sich, was sie sich nachher alles von unserem Selbstverdienten zum Essen kaufen werden.

»Riecht das gut«, Maraina bleibt stehen und zieht genießerisch den Duft aus einer Bäckerei ein.

»Wenn wir alles verkauft haben«, verspreche ich, »kommen wir zurück und besorgen uns von hier was zu essen!«

»Ich will aber jetzt was …« Toandro schaut mit begehrlichen Augen auf die belegten Brote und den süßen Kuchen in dem Glaskasten.

»Kommt!«, fordere ich die Jungen auf.

Die Verkäuferin, die im Laden eine groß gewachsene Vazaha

bedient, wirft uns finstere Blicke zu. »Wollt ihr was kaufen?« Sie beugt sich drohend über die Öffnung, die sich oberhalb der Vitrine befindet.

»Das Brot mit den Eiern.« Toandro sieht sie bittend an.

»Hast du auch Geld?«

Toandro schüttelt den Kopf und verliert dabei ein paar Flaschen, die den Bürgersteig hinab rollen.

»Verschwindet hier!«, zischt die Frau böse und geht wieder zu ihrer Kundin.

»Komm jetzt!«, ich gebe Toandro zwei von meinen Flaschen und hole mir die, die unter ein parkendes Auto gerollt sind.

Plötzlich steht die Verkäuferin im Eingang zum Geschäft.

»Ihr könnt euch was aussuchen.« Mürrisch zeigt sie mit einer Kopfbewegung nach hinten. »Die Vazaha bezahlt.«

Jetzt sind wir nicht mehr zu halten und bestellen bei der Verkäuferin mit Ei und Tomaten belegte Baguettes, die sie in weißes Papier einrollt. Doch als sie sie uns geben will, haben wir keine Hände frei. Sie rollt genervt mit den Augen, schüttelt den Kopf, sagt etwas zu ihrer Kundin, die uns auf Französisch anspricht und in den Raum zeigt. Erst trauen wir uns nicht, aber dann fordert uns auch die Verkäuferin auf Madagassisch auf, uns an den Tisch zu setzen.

»Legt eure Flaschen darunter!«, zischt sie und ich sehe ihr an, dass sie uns nicht mag.

Drinnen riecht es so gut und die weißen Wände glänzen. Die Vazaha lächelt uns an und wir lächeln zurück. Sie hat eine helle Haut, kurze blonde Haare und so rote Lippen wie Maryse manchmal. Wenn ich einmal viel Geld habe, werde ich mir solche blaue Jeans zum Anziehen kaufen und am liebsten auch eine weiße Bluse wie sie. Wir setzen uns an einen der zwei Tische, und nachdem die Bäckersfrau die bunte Tischdecke und die kleine Vase mit den gelben Plastikrosen abgeräumt hat, gibt sie uns die Sandwiches. Hungrig langen wir zu.

Aber das ist nicht alles! Die Frau stellt uns auch noch vier dampfende Tassen vor die Nase!

»Kakau«, die Vazaha setzt sich zu uns, nimmt einen Teelöffel voll aus ihrem Becher, pustet und steckt ihn dann in den Mund.

»Hmm …«, sie macht ein so lustiges Gesicht, dass wir laut lachen müssen.

»Kaukau?«, wir kosten das heiße braune Getränk, das süß ist und wie Schokolade schmeckt.

»Kaukau!«, bestätigt sie.

Als wir fertig sind, räumt die Verkäuferin das Geschirr ab und wischt mit einem nassen Lappen den Tisch sauber.

»Nehmt euren Müll und verschwindet!«, sagt sie auf Madagassisch. »Und lasst euch hier nicht mehr blicken!«

Wir bedanken uns bei der Vazaha, sammeln unsere Flaschen ein und gehen raus auf die Straße, wo wir warten, bis sie aus dem Laden herauskommt. Sie sagt etwas, was wir nicht verstehen und Maraina fragt, wie sie heißt, was sie nicht versteht. Aber das macht nichts. Wir unterhalten uns mit ihr so lange, bis sie vor einem parkenden Auto stehen bleibt und der Fahrer ihr die Tür öffnet. Als er uns fortscheuchen will, sagt sie etwas zu ihm, und er beachtet uns nicht mehr. Beim Wegfahren winkt sie uns zu.

»Die war lieb.« Toandro streicht sich über den Bauch und leckt sich die Lippen. »Die Mama Kaukau …«

»Aber die andere war doof!«, schimpft Maraina.

Den ganzen Weg zu Andry reden wir über die Vazaha, die leckeren Sandwiches, den heißen Kakau und die unfreundliche Verkäuferin.

Andry gibt uns für jede Flasche 20 Ariary und so haben wir 440 Ariary. Wir sind von den Sandwiches so satt, dass ich von dem Geld Gemüse und Reis für das Abendessen kaufe.

Zu Hause setze ich den Reis auf, putze das Gemüse und hoffe, dass Niny nicht so spät kommen wird. Als sie vor Einbruch der Dunkelheit den Hof betritt, stürmen ihr die Zwillinge entgegen, fangen sofort an von Mama Kaukau, den Plastikflaschen, von Andry und dem selbstverdienten Geld zu erzählen.

Niny sagt nichts dazu, nickt nur müde, gibt mir Piso und sagt, dass ich den Reis aufsetzen soll und sieht dabei nicht, dass der Reis schon fertig ist. Früher wollte Niny immer alles wissen; doch seit längerem, wenn sie müde und schlecht gelaunt aus der Stadt zurückkommt, fragt sie nicht mehr, wo wir gewesen sind oder was wir gemacht haben. Dass sie mit Piso betteln geht, weiß ich schon lange, und vielleicht ahnt Vater das auch. Aber woher soll Niny sonst das Geld für Vater und für uns nehmen? Das bisschen, das sie von Soary für das Waschen der Wäsche bekommt, reicht nicht für uns alle zum Essen, und vielleicht ist Niny ja sogar froh, dass wir Kinder Müll sammeln und verkaufen und uns mit dem Geld etwas zum Essen kaufen.

36

Ich sitze mit Piso, Zara und Bozy auf einer Grasmatte im Hof. Piso, die seit einer Woche alleine sitzen kann, knabbert mit ihren ersten zwei Zähnen an dem Stück gekochten Maniok, das sie von Madame Oly bekommen hat. Bozy streckt ihre Hand nach dem Maniok aus, und Piso, die ihr diesen geben will, beugt sich so weit nach vorne, dass sie auf den Bauch fällt. Dabei guckt sie so verdattert, dass wir alle lachen müssen. Ich setze Piso wieder auf, teile den Maniok und gebe ihr und Bozy jeweils ein Stückchen.

Einen Moment lang habe ich nicht an Vater gedacht, und irgendwie komme ich mir komisch vor, dass ich jetzt, wo Vater im Gefängnis ist, lachen kann.

Als ich ihn das letzte Mal besuchte, habe ich ihm von meinem Traum erzählt.

»Ich träume fast jede Nacht von Dadabé«, hat Vater geantwortet.

»Hat er dich auch zum Lachen gebracht?«

»Nicht so wie in deinem Traum ... Wir sprechen miteinander und danach bin ich immer froh.«

»Kann ich rein kommen?« Prisca steht am Hofeingang.

»Tonga soa«, ich nehme Piso in die Arme und gehe ihr entgegen.

»Sind eure Mütter da?«

»Unsere Niny ist Wäsche waschen gegangen und Ninin'i Zara ist beim Arzt.«

»Das tut mir leid. Ich hoffe, dass es nichts Schlimmes ist.«

Zara schüttelt den Kopf und lächelt etwas verlegen, doch ich weiß, dass sie sich Sorgen um ihre Mutter macht, die seit einiger Zeit über starke Kopfschmerzen und Schwindel klagt.

»Wisst ihr, wo Herys Mutter wohnt?«, fragt Prisca.

»Gleich hier nebenan«, antworte ich.

»Wann kommen eure Mütter?«

»Ich weiß das nicht genau.« Zara schüttelt den Kopf und schaut mich an.

»Bald«, sage ich und Prisca meint, dass sie auf unsere Mütter warten will.

»Wie geht es deinem Vater?« Prisca schaut mich prüfend an.

»Gut ... aber er ist auch nicht da ...«, druckse ich herum.

»Ich weiß, was passiert ist ...« Sie nimmt mir Piso ab. »Das tut mir leid«, und nach einer Weile – sie merkt wohl, dass ich nicht über Dada sprechen möchte – sagt sie, dass Madame Esther nächste Woche die Straßenbücherei besuchen wird. Sie bittet Zara und auch mich, wenn ich möchte, ihr an dem Tag in der Bibliothek zu helfen.

»Ich werde Liva wiedersehen«, schießt es mir plötzlich durch den Kopf. Seit Vater in Haft ist, habe ich kaum noch an Liva gedacht. Doch jetzt, wenn ich mir vorstelle, dass ich ihn bald wiedersehen könnte, bin ich ganz aufgeregt und merke, dass ich ihn immer noch mag. Aber was wird er über mich und meine Familie denken? Wird er mich verachten, weil mein Vater im Gefängnis ist?

»Was machst du für ein Gesicht?« Zara kneift mich. »Willst du nicht mit in die Bibliothek?«

»Doch!«, dabei nicke ich heftig. »Ich weiß nur nicht, wo die ist ...«

Prisca lacht und schlägt vor, dass Zara mir den Weg zur Bibliothek zeigt. »Du kannst mich da auch sonst besuchen«, sagt sie. »Und dir Bücher ausleihen und mit nach Hause nehmen.«

Boto und die Zwillinge kommen in den Hof. Mit all seinen Kräften schiebt Boto mit zusammengebissenen Zähnen Maraina, der auf einem Dreirad sitzt, während Toandro ihnen mit langsamen Schritten folgt. Boto und Maraina scheint es nichts auszumachen, dass das Dreirad nur langsam vorankommt, da ihm ein Hinterrad fehlt. Sie sind so versunken in ihrem Spiel, dass sie uns erst bemerken, als sie mir über den Fuß fahren.

»Aua!«, rufe ich extra laut und erschrecke sie.

»Prisca!«, jubelt Boto, läuft zu Prisca und umklammert ihre Beine.

»Erzählst du uns eine Geschichte?«, will er wissen.

»Heute nicht.« Prisca streichelt ihm über den Kopf.

Wir setzen uns auf die Grasmatte, spielen mit Piso und Bozy und schauen den Jungen beim Dreiradschieben zu. Toandro scheint müde zu sein, spielt nicht, sitzt immer noch auf demselben Fleck, und als er plötzlich anfängt zu weinen, gehe ich zu ihm.

»Ich habe Bauchweh«, schluchzt er; ein übler Geruch schlägt mir entgegen und ich sehe, dass er sich in die Hose gemacht hat.

»Du stinkst!«, kreischt Boto.

»Was hat er?«, ruft Zara.

»Toandro hat sich voll gemacht!« Boto findet das lustig.

»Er hat Bauchweh!« Maraina stellt sich vor Toandro.

»Komm!« Ich helfe Toandro hoch, nehme ihn an der Hand. »Ich mache dich sauber und dann legst du dich hin.«

Ich hole den Eimer aus unserer Hütte und bin froh, dass ich am Morgen frisches Wasser geholt habe. Toandro weint die ganze Zeit. Als er wieder muss, führe ich ihn an den Hofrand, wo ich anschließend, nachdem er fertig ist, Sand und Steine auf die stinkende gelbliche Lache schütte. Ich wasche ihn, trage ihn in die Hütte und lege ihn auf unser Lager. »Versuch zu schlafen.« Ich streiche ihm das verschwitzte Haar aus dem Gesicht und merke dabei, dass er ganz heiß ist. Maraina kommt und legt sich neben ihn. »Ich bin auch müde«, sagt er.

Draußen wasche ich Toandros Hose aus, und als Prisca mich fragt, ob Toandro etwas Schlechtes gegessen hätte, erinnere ich mich an den schmutzigen Joghurt. »Vielleicht ist er deswegen krank?«, rufe ich aus. »Dann ist das meine Schuld! Ich habe nicht aufgepasst.«

»Mach dir keine Vorwürfe … ihr hattet doch Hunger …«, versucht Prisca mich zu beruhigen. »Und außerdem, Maraina hat auch von dem Joghurt gegessen und der ist nicht krank, oder?«

»Ja«, nicke ich. »Nur Toandro ist krank. Er ist ganz heiß.«

»Dann hat er wahrscheinlich Fieber.« Prisca sagt, dass ich ihm viel zu trinken geben sollte und wenn es ihm nicht bald besser ginge, sollte ich mit ihm zum Arzt gehen.

»Wir können ihn zu dem Dokotera bringen, zu dem deine Niny hin ist, als sie gehustet hat«, schlägt Zara vor. »Ich zeige dir, wo der wohnt.«

»Wovon soll ich das bezahlen?«, bricht es aus mir heraus.

»Ich habe etwas Geld gespart«, sagt Zara. »Das kann ich dir leihen ...«

Etwas später in der Hütte befühle ich vorsichtig Hände und Stirn der schlafenden Zwillinge, vergleiche so ihre Temperaturen und stelle erleichtert fest, dass Toandros Haut sich jetzt fast so kühl anfühlt wie die von Maraina. Ich lege ein leichtes Tuch auf die Jungen und schleiche mich hinaus zu Prisca und Zara, die mich erwartungsvoll anschauen. »Er schläft und ist nicht mehr so heiß wie vorhin.«

Als Niny und Soary endlich da sind, atme ich auf. Ich bin froh, dass ich jetzt nicht mehr darüber entscheiden muss, ob Toandro zum Arzt gehen soll oder nicht. Niny schaut sofort nach ihm und sagt, dass er sich gesund schläft.

Sie und Soary begrüßen Prisca, fragen, was sie zu uns führt und erfahren nun, dass Prisca auf sie gewartet hat, um mit ihnen zu Madame Maryse zu gehen. »Hery hat einen Autounfall gehabt«, berichtet sie. »Alleine traue ich es mir nicht zu, das seiner Mutter mitzuteilen ...«

»Schlimm?«, will Niny wissen.

»Sehr schlimm«, Prisca macht ein bedauerndes Gesicht. »Er hat es nicht geschafft ...«

Gemeinsam gehen sie hinüber zu Maryse, und bald eilen Frau Oly und Frau Ravoloson, aufgeschreckt durch Maryses Weinen, durch unseren Hof. Mutter bringt Zara und mir Baby Peta und die kleine Fara und sagt, dass wir auf die Kinder aufpassen sollen, während sie und die anderen Frauen Maryse ins Krankenhaus begleiten.

37

Zara geht auf und ab, wiegt die weinende Peta in ihren Armen, während Fara stumm neben ihr herläuft. Toandro und Maraina sind aufgewacht. Toandro sagt, dass er nur noch ein bisschen Bauchweh hat, und ich mache ihm einen Tee, den ich ihm löffelweise eingebe.

Es ist schon dunkel, als Betiana von der Arbeit kommt und nach seiner Frau fragt, und schon Nacht, als wir von weitem das laute Klagen Maryses und der mit ihr Trauernden hören.

»Der Himmel weint auch«, sagt Toandro, denn in dieser Nacht regnet es in Strömen.

Es ist noch gar nicht lange her, dass ich Hery gesehen habe. Da hat er sich gerauft und ist gerannt wie eine Katze. Warum ist er nicht vor dem Auto weggerannt? Er war doch sonst so schnell!

Jetzt, wo er tot ist, bekommen wir mit, dass Maryse einen Vater, mehrere Brüder und noch viele andere Verwandte hat, die alle in ihrem Dorf leben, das sich auf einem Hügel in der Nähe von Antananarivo befindet. Einen Tag schon nach Herys Tod sind Maryses Vater und Brüder hier aufgetaucht, haben sich um Maryse gekümmert und haben Herys Leichnam aus dem Krankenhaus geholt. Inzwischen sollen sie ihn auf dem Familienfriedhof in ihrem Dorf begraben haben.

Bei den Merina hat jede Familie ein Grabhaus aus Stein, in dem alle weiblichen und männlichen Razana wohnen. Nach der Trauerzeremonie in ihrem Dorf ist Maryse ein letztes Mal zusammen mit einem ihrer Brüder nach Antohomadinika gekommen. Peta und Fara hatte sie bei ihren Verwandten in ihrem Dorf gelassen.

»Ich will in Herys Nähe sein«, hat sie gesagt. »Bei der nächsten *Famadihana* wird er zu seinen Ahnen heimkehren.«

Als ich Niny gefragt habe, was eine Famadihana ist, erfahre ich, dass das ein großes Fest ist, das die Leute im Hochland mit ihren Ahnen feiern: »Dann öffnet die Familie das Grabhaus, holt die Gebeine der Razana heraus, wickelt sie in neue Lambamena, so wie wir das auch bei Dadabés Beerdigung gemacht haben. Im Gegensatz zu uns Betsimisaraka aber wickeln die Merina die Gebeine der Toten nicht nur bei der Beerdigung, sondern während jeder Umbettung in neue Tücher. Während der gesamten Zeremonie erinnert sich die Familie an die Verstorbenen, man erzählt sich Geschichten über sie und bittet sie um Rat und Hilfe. Alle Verwandten sind da. Sie trinken, essen, tanzen und singen gemeinsam.«

»So ein Fest kostet Geld und jeder gibt seinen Beitrag zum Kauf der Leichentücher und der zu schlachtenden Zebus«, ergänzt Soary. »Manche Familien sind nach der Famadihana sehr arm. Aber was sollen sie machen? Das ist der Brauch bei den Merina.«

»Aber was meint Maryse damit, dass Hery nach der nächsten Famadihana zu seinen Ahnen gehen wird?«, will ich wissen. »Ist er jetzt nicht bei ihnen?«

»Er ist in ihrer Nähe begraben«, erklärt Soary. »Wenn das Grabhaus für die Umbettung wieder geöffnet wird, zieht er zu ihnen.«

»Und wann ist die?«, will ich wissen.

»Das weiß noch nicht einmal die Familie«, erklärt Soary. »Wenn die Zeit dafür da ist, erscheinen die Razana in den Träumen ihrer Angehörigen und fordern diese auf, sie umzubetten.«

An dem Tag, an dem Maryse aus unserem Viertel auszieht, regnet es, und da ich ihr helfe, ihren Hausrat auf dem Handkarren ihres Bruders zu verstauen, werde ich völlig nass. Beim Abschied von uns und von Antohomadinika weint sie, und doch wirkt Maryse auf mich trotz ihrer Tränen viel ruhiger als in all der Zeit zuvor.

In Maryses Haus zieht ein Zahnarzt mit seiner Frau und seinen zwei kleinen Söhnen ein, die sich nach kurzer Zeit mit Maraina, Toandro, Boto und all den anderen Nachbarkindern anfreunden. Ich glaube, dass der Zahnarzt reich ist, denn jeden Tag kommen viele Leute aus unserem Viertel und lassen sich von ihm behandeln. »Vielleicht werde ich Zahnärztin«, denke ich.

An einem Donnerstagnachmittag, als ich mich in unserer Hütte für den Gefängnisbesuch fertig mache, höre ich plötzlich Niny aufschreien. Erschrocken laufe ich nach draußen und sehe sie in Vaters Armen liegen. Beide lachen und weinen zur gleichen Zeit, während Andry mit einem breiten Grinsen daneben steht. Die Zwillinge rennen mit strahlenden Gesichtern hinzu, klammern sich an Dadas Beine und geben erst Ruhe, als er beide gleichzeitig hoch hebt, während Piso, die auf der Grasmatte auf dem Boden sitzt, ihre Händchen nach oben reckt und auch dazu möchte. Ich hebe sie schnell hoch und umarme nun mit ihr zusammen unsere Familie. Unser lautes Lachen, Rufen und überhaupt der ganze Lärm, den wir machen, lockt Soary, Zara und viele andere Nachbarn an, die sich alle mit uns freuen.

Nachdem wir uns beruhigt haben, erzählt Vater, dass der Gefängnisdirektor ihn heute Morgen zu sich in sein Büro gerufen hatte. »›Du hast Glück‹, hat er gesagt. ›Der Mann, der bei dem Überfall verletzt wurde, hat ausgesagt, dass du ihn nicht überfallen hast. Du kannst also nach Hause gehen.‹«

»Das war vor einer Woche!«, entrüstet sich Andry. »Da ist der Nachtwächter nämlich aus dem Krankenhaus entlassen worden; er ist gleich zum Markt, und als er zu mir gekommen ist, um einen Kaffee zu trinken, habe ich ihm erzählt, dass Kamisy wegen dieses Raubüberfalls in Untersuchungshaft sitzt. ›Aber der war das doch nicht! Das waren ganz andere Leute!‹, hat er geantwortet, und: ›Davon weiß ich ja gar nichts!‹ ›Das musst du melden‹, habe ich ihm gesagt. Und dann sind wir zusammen zur Polizei.«

»Dann wussten die schon vor einer Woche, dass er unschuldig ist und entlassen ihn erst heute?«, braust Niny auf.

»Genau!«, Andry schüttelt den Kopf. »Das stimmt also, was die Leute sagen: Ins Gefängnis kommt man schnell … aber raus eben nicht … selbst wenn man nichts verbrochen hat!«

Dank Madame Vero, die – ich weiß nicht von wem – davon als eine der ersten erfahren hat, spricht sich Dadas Freilassung in kurzer Zeit in Antohomadinika herum. Ständig kommen Leute, auch solche, die wir nur vom Sehen kennen, um ihm zu gratulieren, und bis spät in die Nacht sitzen wir mit Vater und einigen Nachbarn draußen im Hof und lassen uns von ihm seine Geschichte erzählen.

Zwischendurch glaube ich, dass ich das alles nur träume,

kneife mir dann in den Arm, blinke mit den Augen und sehe, dass es wahr ist: Vater ist wieder bei uns!

Als Vater am nächsten Tag zum Markt geht, entschuldigen sich die Männer bei ihm, die ihn damals beschuldigt hatten. »Ich habe ihnen daraufhin gesagt, dass das Geschehene nicht mehr rückgängig zu machen sei«, erzählt Vater uns. Aber dass das, was kommt, wichtig sei, habe er ihnen gesagt und sie aufgefordert, ihm Arbeit zu geben, damit er seine Familie ernähren könne.

38

Vaters Freilassung ist bald kein Thema mehr, wird verdrängt von dem Rivo-doza, der über die Hauptstadt fegt. Ganz Antohomadinika schwimmt im stinkenden Wasser. Seit Tagen regnet es in Strömen, jeden Abend blitzt und donnert es, begleitet von einem starken Wind. Die sonst so vertrauten Geräusche, wie das Klappern von Kochgeschirr, die Stimmen spielender Kinder, das Gegacker der Hühner und das Bellen der Hunde gehen unter im Trommeln des ständigen Regens. Alle versuchen, sich irgendwie vor dem Wetter zu schützen. Sowohl von unten als auch durch die Dächer dringt Wasser in die Häuser, deren undichte Stellen ständig ausgebessert werden müssen.

Bereits in der ersten Nacht wird unser Zimmer überflutet, und wir ziehen mit unseren Sachen in Betianas Haus um, das auf Betonsockeln gebaut und dadurch von unten vor dem Wasser geschützt ist. Dafür regnet es durch undichte Stellen in Dach und Wänden, die Vater und Betiana mit Plastiksäcken zustopfen. Da diese jedoch das Wasser nicht so gut abhalten und ständig vom Wind weggefegt werden, freuen wir uns, als Vater von einem Markthändler ein Stück altes Wellblech geschenkt bekommt, das Tinas Nachbar in kleine Stücke schneidet, mit denen er und Betiana vor allem die Löcher im Dach abdecken.

Bei starkem Wind und Regen kochen wir mit von Qualm brennenden roten Augen im vorderen Raum. Unsere Brüder langweilen sich, und sobald sie unbeobachtet sind, flitzen sie nach draußen; immer wieder müssen wir sie aus Pfützen herausziehen, wobei wir sie gar nicht mehr trocken bekommen und auch nicht sauber von dem Schlamm, der sich in ihren Kleidern und Haaren festgesetzt hat.

Mir tun die Familien leid, die kein Dach über dem Kopf haben und auf der Straße leben, die jetzt nicht nur den Regen, sondern auch die zunehmende Kälte aushalten müssen. Als das Haus von Tinas alter Nachbarin zusammenbricht, merke ich, dass wir auch in Antohomadinika nicht geschützt sind. Obwohl viele Leute sofort beginnen, die Trümmer wegzuräumen, können sie der Alten, die darunter begraben liegt, nicht mehr helfen.

Da sie keine Angehörigen hat, tragen zwei Männer vom Fokontany ihren Leichnam auf einer Trage zu einem Wagen, den sie weiter weg geparkt haben. Wo werden sie sie begraben, wenn keine Familie da ist, die sich um ihre Bestattung kümmert? Was passiert mit ihr, wenn sie nicht bei ihren Ahnen beerdigt wird? Ist sie dann immer noch eine Razana?

»Irgendwo hat sie eine Familie«, sagt Niny. »Das ist so, als wenn jemand ertrunken ist und man seinen Körper nicht findet. Dann errichten die Angehörigen in der Nähe des Familiengrabs einen Stein für den Toten und er wird damit zum Razana.«

Viele Menschen aus Antohomadinika folgen der Bahre. Einige weinen. Auch Tina. Sie sagt, dass die alte Frau für sie wie eine Großmutter gewesen sei.

Am nächsten Tag kommen Beamte vom Fokontany in unser Viertel. »Wir haben schon eine Tote zu beklagen«, sagen sie. »Das ist eine zuviel.« Sie schauen sich jedes Haus an, und die Bewohner der vom Einsturz bedrohten Häuser müssen ausziehen. Zara und ich helfen Tina und ihrer Mutter, ihre Sachen zu dem Platz zu tragen, wo wir vor einiger Zeit die Straßenbücherei hatten. Dort stehen jetzt Zelte vom Roten Kreuz, in denen die Ausquartierten untergebracht werden. Als ich Liva unter den Leuten entdecke, die den Familien beim Einräumen ihres Hausrats helfen, spüre ich einen Stich in meinem Herzen. Er ist wie immer und begrüßt uns freundlich. Nein, er weiß bestimmt nicht, dass ich mich ein bisschen in ihn verliebt hatte. Komisch, dass mir das wichtiger ist als zu wissen, ob er sich für Tina interessiert. Und ich merke, dass ich ihn immer noch mag und immer noch ein wenig eifersüchtig auf Tina bin. Aber dafür kann sie nichts, und außerdem ist sie meine Freundin.

39

Eine ganze Woche hat der Rivo-doza unser aller Leben bestimmt. Dann hat er sich langsam, mit immer weniger Regen und Wind verzogen, bis eines Morgens die Sonne am strahlend blauen Himmel schien. Seitdem ist es warm, und nur die schlammigen Wege erinnern noch an den großen Sturm. Wir wohnen wieder in dem Anbau, und auch die in Zelte ausquartierten Familien sind inzwischen in ihre Häuser zurückgekehrt.

Seitdem er aus dem Gefängnis entlassen worden ist, hat Vater mehr Aufträge als vorher, und da er trotz des Regens jeden Tag auf dem Markt gearbeitet hat, hat er soviel verdient, dass er einen großen Teil seiner Mietschulden an Betiana begleichen konnte. Eigentlich müsste er zufrieden sein, denn jetzt ist er ja bei uns. Doch manchmal, wenn ich ihn in der Nacht leise mit Niny sprechen höre, spüre ich, dass es ihm nicht gut geht. Eines Nachts kommt er spät nach Hause und ist betrunken. Niny schimpft mit ihm, doch als er anfängt zu weinen, tröstet sie ihn.

Tina fragt, ob auch Vater einen Brief vom Fokontany bekommen habe, in dem stehe, dass er mit seiner Familie in ein Aussiedlerdorf ziehen könne. »Wir haben schon zugesagt und werden bald umziehen«, sagt sie, »frage deinen Vater, ob er auch zugesagt hat!«

»Aber was ist ein Aussiedlerdorf?«, will ich wissen.

»Da baut die Regierung Häuser für Leute wie uns. Wir werden dann ein eigenes Haus mit Feldern haben und ich kann wieder zur Schule gehen!«

»Und da zieht ihr hin? In dieses … Aussiedlerdorf … wo ist das?«

»Weit weg von hier.« Tina zeigt in die Luft. »So genau weiß ich das nicht … eben weit weg.«

»Und was ist mit Liva?« Es ist das erste Mal, dass ich seinen Namen vor ihr erwähne.

»Liva?« Tina lacht. »Er ist mein Freund, so wie du und Zara meine Freundinnen seid.«

Von Soary erfahre ich, dass sich fünfzehn Familien aus Antohomadinika zur Umsiedlung bereit erklärt haben. »Und die anderen fünfzehn … sie müssen auch fort«, dabei macht sie ein bedrücktes Gesicht.

»Welche anderen?«

»Ich weiß nicht«, weicht sie aus. »Ich habe gehört, dass insgesamt dreißig Familien aus unserem Viertel ausziehen müssen …«

»Und wo gehen die hin, wenn sie nicht in das Aussiedlerdorf ziehen?«

»Da gibt es ein Projekt von einem Missionar, wo sie hin können … wenn sie das wollen … oder sie gehen zurück auf die Straße …«

Heute kommt Dada etwas früher vom Markt zurück. Ich setze mich zu ihm vor die Hütte und schaue eine Weile zu, wie er die vor Freude glucksende Piso auf seinen Knien schaukelt.

»Müssen wir auch fort von hier?«, frage ich ihn.

»Wie kommst du darauf?« Er spielt weiter und weicht dabei meinem Blick aus.

»Du kannst es mir ruhig sagen!«, bricht es aus mir heraus. »Ich bin kein Kleinkind mehr!«

Piso erschreckt sich, fängt an zu weinen, und Niny steckt den Kopf durch die Tür: »Ist was passiert?«

»Nie erzählt ihr mir etwas«, schluchze ich. »Immer macht ihr, was ihr wollt. Ich will wissen, wohin wir gehen, wenn wir aus Antohomadinika raus müssen!«

»Woher weißt du das?« Niny blickt erschrocken auf Dada. »Hast du es ihr gesagt?« Vater schüttelt den Kopf, hält Niny die weinende Piso entgegen und setzt sich dann zu mir.

»Ich wollte es dir sagen …«, er holt tief Luft.

»Wann?«

»Bald … wenn ich weiß, wohin wir gehen werden …«

»Weißt du das jetzt?« Ich wische mir über das Gesicht.

»Hast du Velo erreicht?«, will Niny nun wissen.

»Ja«, Dada schaut sie unwirsch an.

»Was hat er gesagt?«, fragen wir fast gleichzeitig.

»Er wüsste schon lange, dass wir in Tana sind. Vor einem Monat war er nämlich in Morakondro. Onkel Randro hat es ihm gesagt.«

»Der war also auch da?«

»Randro lebt wieder mit seiner Frau und den Kindern im Dorf.«

»Er arbeitet nicht mehr in der Textilfabrik?« Niny setzt sich. »Während du ihn die ganze Zeit hier suchst, ist er in Morakondro?« Sie schüttelt den Kopf. »Warum?«

»Vielleicht hat es ihm hier nicht mehr gefallen«, werfe ich ein.

»Du sagtest doch, dass das Haus, in dem er wohnte, abgerissen wurde.« Niny runzelt die Stirn. »Kann es sein, dass er nichts anderes gefunden hat …?«

»… und er auch in ein Aussiedlerdorf musste?«, unterbricht Vater sie. »Kann sein, kann auch nicht sein! Wir jedenfalls geben nicht so schnell auf!«

»Warum nicht?« Ninys Augen funkeln ihn böse an. »Willst du etwa wieder auf der Straße schlafen?«

»Wir finden eine andere Bleibe.« Dada steht auf. »Die vom Fokontany sagen, dass der Anbau abgerissen werden muss … weil hier nicht gebaut werden darf! So ein Blödsinn!«

»Wir könnten doch auch wieder zurück ins Dorf.« Ninys Stimme ist jetzt ganz leise.

»Wir können uns auch ein anderes Haus suchen!«, donnert Vater los, dass wir vor Schreck zusammenzucken.

40

Wenn ich an die Zeit denke, in der wir auf der Straße gelebt haben, fängt mein Herz an zu rasen, mir wird heiß, und ich spüre eine solche Angst, dass ich glaube, es nicht aushalten zu können. Der Gedanke, dass wir bald von hier fortgehen müssen und nicht wissen wohin, vielleicht wieder auf der Straße leben werden, lässt mir keine Ruhe, und ich kann nicht schlafen.

Seit dem Erhalt des Briefs vom Fokontany und unserem Gespräch darüber, weicht Vater uns aus. Jeden Morgen verlässt er ganz früh das Haus, und manchmal, wenn er spät in der Nacht zurückkommt, ist er so betrunken, dass Niny ihm auf sein Lager helfen muss. Ich verstehe nicht, warum er trinkt und warum er kaum noch arbeitet. Wie will er für uns eine neue Bleibe finden, wenn er immer betrunken ist? Wenn er nicht nach Morakondro will, dann könnten wir doch auch in das Aussiedlerdorf.

Weil das Geld, das Vater Niny gibt, nicht zum Essen und für die Miete reicht, geht sie wieder betteln.

»Wie willst du deine Kinder satt kriegen?«, hat Betiana ihm gestern gesagt, »wenn du dein ganzes Geld versäufst?«

»Misch dich nicht ein!«, hat Vater Betiana angebrüllt. »Das ist mein Leben!«

Ich mag es nicht, dass Vater nun auch Betiana, der uns geholfen hat, anbrüllt. Wegen der Stimmung bei uns zu Hause und der Ungewissheit über das, was auf uns zukommt, habe ich zu nichts Lust, und es dauert lange, bis Tina und Zara mich überredet haben, heute mit ihnen zur Bibliothek zu gehen. Madame Esthers Besuch, der wegen des Rivo-doza verschoben worden war, steht an, und als ich meinen Freundinnen nachgebe und nach Maraina und Toandro rufe, um sie mitzunehmen, erfahre ich, dass sie schon mit Boto und einem älteren Mädchen aus der Nachbarschaft zur Bibliothek gelaufen sind.

Der Weg zur Bibliothek ist verschlammt, voller schmutziger Pfützen, die sich während des Rivo-doza gebildet haben. Viele kleine Hütten befinden sich, wie unser Anbau, direkt auf der

Erde und stehen deshalb im Wasser. Ihre Bewohner, die während des Rivo-doza in Zelten gewohnt haben, sind trotz des verschlammten Untergrunds zurückgekommen und versuchen irgendwie, so wie wir, das Innere der Hütten einigermaßen trocken zu bekommen.

Die Bibliothek dagegen ist wie Betianas Haus auf Betonpfeilern gebaut und damit geschützt vor dem Regenwasser, das sich darunter ausgebreitet hat.

Ich folge Tina und Zara die breite Treppe hoch in den großen Raum, an dessen Wänden mit vielen Büchern gefüllte Regale stehen. Ein paar Kinder sind schon da, unter ihnen meine Brüder, die sich auf zwei der bereit gestellten Stühle gesetzt haben. Ich schaue mir die Bücher an. Viele sind in Französisch, doch hin und wieder entdecke ich auch welche in Madagassisch. In einem Regal sind bunte Bilderbücher und in einem anderen Bücher über die Geschichte Madagaskars. Tina zeigt mir ein Buch, das von der Geschichte der Betsimisaraka handelt, und das Beste daran ist, dass es sowohl in Madagassisch als auch in Französisch geschrieben ist! Prisca hatte doch gesagt, dass ich mir ein Buch ausleihen kann. Ich werde sie fragen, ob ich dieses Buch mit nach Hause nehmen darf.

Als Toandro mich an der Hand zieht, sehe ich, dass inzwischen der Boden und alle Stühle besetzt sind und wundere mich, dass ich, während ich mir Bücher angeschaut habe, nicht einmal den Lärm der vielen Kinder, die alle zur gleichen Zeit zu reden scheinen, gehört habe. Ich zwänge mich durch die Reihen, setze mich neben Maraina und nehme Toandro auf den Schoß. Einige Kinder habe ich noch nie gesehen. Sie kommen wohl aus den anderen Teilen von Antohomadinika, wo Prisca sie mit der Straßenbücherei besucht.

Prisca, Jocelyn, Ravaka, Zara und Tina stellen sich vorne in einer Reihe auf und klatschen solange in die Hände, bis die Kinder mit dem Reden aufhören und ebenfalls im gleichen Rythmus in die Hände klatschen. Prisca fragt, wer sich an das Lied erinnert, mit dem wir Madame Esther begrüßen wollten, und sofort fangen einige Kinder an zu singen, andere schreien und fordern, dass sie aufhören sollen, und ein Baby brüllt.

Prisca schlägt die Hände zusammen, Tina lacht, Jocelyn schimpft und alle versuchen Ruhe herzustellen. Es dauert ein bisschen, dann aber üben wir gemeinsam das Lied.

Misy vahiny ao an-tanàna
Tambatambazo izy ireo
Mba ho tamàna
(Da sind Besucher im Dorf
Stimme sie gut ein
Damit es ihnen hier gefällt)

Nachdem wir das Lied ein paar Mal geprobt haben, saust plötzlich ein Junge in den Raum und ruft ganz aufgeregt: »Sie kommen!«

Wenig später betritt Madame Esther, zusammen mit Liva, der neben ihr wie ein Riese wirkt, den Raum. Wie immer trägt er seine Mütze verkehrt herum, und seine Hose schlabbert ihm um die Hüften.

Prisca klatscht in die Hände und fordert uns auf, das Lied noch einmal zu singen, und ich ärgere mich über mich, weil ich Liva ständig angucken muss und dabei nicht mehr weiß, wie der Text geht. Ein Glück, dass wir so viele sind und es nicht auffällt, dass ich nicht mitsinge.

Madame Esther lächelt, wiegt den Kopf und applaudiert nach dem Ende des Liedes. Dann setzt sie sich auf den für sie bereit gestellten Stuhl und hört Prisca zu, die sie nun willkommen heißt. Sie bedankt sich bei Madame Esther dafür, dass sie nun schon zum dritten Mal gekommen sei, um den Kindern von Antohomadinika eine Geschichte zu erzählen. Manche Kinder würden sie ja schon kennen, aber sie sei auch in ganz Madagaskar bekannt, weil sie schon viele Bücher geschrieben hätte.

»Meine Bücher findet ihr auch hier in eurer Bücherei«, ergänzt Madame Esther. »Aber heute bin ich hier, weil ich euch ein Märchen erzählen möchte. Das Märchen von dem Mädchen Imaitsoanala. Wer von euch kennt schon dieses Märchen?« Als sich keiner von uns meldet, nickt sie mit dem Kopf und fängt an zu erzählen:

»Vor langer Zeit lebte an einem großen Fluss das Mädchen Imaitsoanala mit seiner Mutter. Imaitsoanala ging jeden Tag zum Fischen. Wenn ihr Fang groß genug war, verkaufte ihre Mutter einen Teil davon an ihre Nachbarn oder auf dem Markt. Von dem Erlös konnten sie sich dann Reis kaufen. Mutter und Tochter ging es gut.

Eines Tages entdeckte Imaitsoanala inmitten ihrer Beute einen merkwürdigen Fisch. So einen hatte sie noch nie zuvor gesehen.

›Mama! Mama! Schnell! Komm her! Schau dir diesen Fisch an! Der hat vier Füße!‹

›Einen solchen Fisch gibt es nicht!‹, sagte ihre Mutter.

›Guck doch selber! Aua! Er hat mir in den Finger gebissen!‹

›Das ist doch kein Fisch!‹, die Mutter lachte und schüttelte dabei den Kopf. ›Du Dummerchen! Das ist ein Baby-Krokodil!‹

›Oh! Wie süß! Ich will es behalten!‹

›Schmeiß es bloß wieder zurück ins Wasser. Sofort! Du darfst es nicht behalten. Das ist ein viel zu gefährliches Tier. Es kann uns beide auffressen!‹

›Ha! Ha! Ha!‹, lachte Imaitsoanala. ›Das ist ein guter Witz! Wie kann ein so kleines Tier uns auffressen? ... Ich behalte es!‹

›Ich sage dir Nein! Wirf es zurück ins Wasser!‹

Doch Imaitsoanala konnte und wollte sich nicht von ihrem vierbeinigen Fisch-Krokodil trennen. ›Ich möchte es nur für kurze Zeit behalten‹, versuchte sie ihre Mutter zu überreden. ›Bitte! Ich will doch nur sehen, wie es wächst. Es wird in einem Topf mit Wasser wohnen, und ich werde es jeden Tag mit etwas Reis und Fleischstückchen füttern. Bitte!‹

Schließlich gab die Mutter nach: ›Gut, aber behalte es nicht zu lange. Vergiss nicht, was ich dir gesagt habe: Das ist ein gefährliches Tier!‹

Wirklich, das Baby-Krokodil war glücklich in dem Topf von Imaitsoanala.

Obwohl es die meiste Zeit schlief, konnte seine stolze Besitzerin sehen, wie es allmählich wuchs. Irgendwann füllte es den ganzen Topf aus und sein Schwanz berührte seine Schnauze.

›Dein Baby-Krokodil ist zu groß!‹, sagte die Mutter. ›Es wird Zeit, es wieder in den Fluss zu setzen!‹

›Nein!‹, wehrte sich Imaitsoanala. ›Ich werde es in einen größeren Behälter tun. Ich mag es. Guck, wie es nach dem Hühnerfleisch schnappt!‹

Und als hätte das Baby-Krokodil sie verstanden, sprang es hoch und riss Imaitsoanala das Häppchen aus der Hand.

Das Krokodil wurde Imaitsoanalas liebster Freund. Wenn sie mit ihm sprach, fasste sie es an seinen Füßen, und es hörte aufmerksam, freundlich und ohne Laute zu machen zu.

Die Jahre vergingen, das Krokodil wuchs, und Imaitsoanala musste es in immer größere Behälter setzen.

Sie selbst entwickelte sich zu einem hübschen jungen Mädchen, während ihre Mutter in diesen Jahren alt wurde.

›Dein Krokodil passt in kein Behälter mehr!‹, sagte die Mutter eines Tages. ›Jetzt hör auf mich und bringe es endlich in den Fluss!‹

›Nein!‹, immer noch konnte Imaitsoanala sich nicht von ihrem Freund trennen. ›Ich werde ihm eine große Grube im Garten graben und diese mit Wasser füllen. Da drinnen wird es ihm bestimmt gefallen und es kann dort so groß werden wie es will.‹

Und tatsächlich, in dem Teich, den Imaitsoanala für ihren Liebling angelegt hatte, wuchs das Krokodil noch schneller, und weil es so groß geworden war, brauchte es auch immer größere Fleischstücke.

Eines Tages, als Imaitsoanala sich gerade vor dem Spiegel schön machte, stieg ihr Freund aus dem Wasser und kam bis zu ihrer Tür. ›Imaitsoanala! Imaitsoanala! Ich will dein Huhn fressen!‹, rief er von draußen.

›Oh, du kannst ja sprechen, mein liebes Krokodil!‹ Imaitsoanala war entzückt. Als sie sich beruhigt hatte, sagte sie: ›Wie du willst, mein kleines Krokodil!‹

Das Krokodil schnappte sich das Huhn, schleppte es in den Teich und fraß es dort auf.

Ein paar Tage danach rief das Krokodil: ›Imaitsoanala! Imaitsoanala! Ich will deine Ente fressen!‹

Imaitsoanala, die immer noch entzückt war, dass ihr Krokodil sprechen konnte, antwortete sofort: ›Wie du willst, mein kleines Krokodil!‹

Das Krokodil schnappte sich die Ente, schleppte sie in den Teich und fraß sie dort auf.

Es dauerte nicht lange und das Krokodil wollte die Gans fressen.

›Wie du willst, mein kleines Krokodil!‹

Das Krokodil schnappte sich die Gans, schleppte sie in den Teich und fraß sie dort auf.

An dieser Stelle muss ich sagen, dass die Mutter inzwischen schon sehr alt geworden war und kaum noch das Haus verließ. Sie tat das, was die meisten Alten tun: Sie saß am Kamin und passte auf, dass das Feuer nicht ausging. So wusste sie also nicht, dass Imaitsoanala nichts dagegen hatte, dass das Krokodil langsam alle ihre Tiere auffraß!

Eines schönen Morgens stieg das Krokodil aus dem Wasser, lief zu Imaitsoanalas Tür und rief mit tiefer Stimme: ›Imaitsoanala! Imaitsoanala! Ich will dein Schaf fressen!‹

›Nein! Nicht das …‹, rief sie im ersten Moment. Doch dann überwog ihre Freude darüber, dass ihr Freund ihren Namen mit einer so schönen Stimme ausgesprochen hatte: ›Wie du willst, mein kleines Krokodil.‹

Das kleine Krokodil war schon lange nicht mehr klein. Es war groß. Sogar sehr groß, mit einem mächtigen Schwanz, riesigen Füßen mit Klauen und stechenden Augen.

Es zog das Schaf in die Tiefe des Teichs und fraß es schnell und ohne einen Rest zurückzulassen. Als Imaitsoanala das sah, zitterte sie am ganzen Körper und weinte.

Es dauerte nicht lange und ihr Freund stieg wieder aus dem Wasser: ›Imaitsoanala! Imaitsoanala! Ich will deine Kuh fressen!‹

›Nein! Halt! … nicht meine Kuh! Aber … Wie du willst, mein kleines Krokodil!‹

Das Krokodil zog die Kuh in die Tiefe des Teichs und fraß sie schnell und ohne etwas zurückzulassen auf. Diesmal weinte Imaitsoanala viele Tränen und sie hatte Angst.

›Imaitsoanala! Imaitsoanala! Ich will deine Mutter fressen!‹, rief das Krokodil nach ein paar Tagen.

›Nein! Nein! Nein! … Nicht meine Mutter! Nein!‹

Imaitsoanala bettelte und flehte ihren Freund, das Krokodil

an, ihre Mutter zu verschonen. Doch es hörte nicht auf sie. Es ging schnurstracks ins Haus, schnappte sich die alte Frau, zog sie mit sich zum Teich und fraß sie auf, als wäre sie ein Huhn.

Jetzt endlich erinnerte Imaitsoanala sich an die warnenden Worte ihrer Mutter.

Sie weinte die ganze Nacht und bis zum Ende ihres Lebens.

Denn: ›Imaitsoanala! Imaitsoanala!‹, hörte sie am übernächsten Morgen. ›Komm raus, denn jetzt will ich dich fressen!‹

›Nein! Nein! Verschone mich! Ich bitte dich, mein kleines Krokodil! Lasse mich, mein kleines Krokodil! Nicht mich! Verschone mich!‹

Imaitsoanala wehrte sich! Sie redete auf das Krokodil ein. Doch ihr Freund, das Krokodil, zog sie bis zum Boden des Teichs, den Imaitsoanala selbst so tief gegraben hatte und fraß sie auf!«

Was war das für eine Geschichte! Die ganze Zeit war es mucksmäuschenstill gewesen, und es dauerte, bis wir uns rührten. Madame Esthers Stimme hatte sich ständig geändert. Mal war sie tief und bedrohlich gewesen, und dabei war es mir jedes Mal kalt über den Rücken gelaufen; und wenn sie die helle Stimme von Imaitsoanala nachahmte, hätte ich am liebsten dazwischen gerufen und das dumme Mädchen gewarnt. Und die Mutter hat mir so Leid getan! Maraina und Toandro aber hatten sich die ganze Zeit an mich gedrängt, als wäre das Krokodil hier im Raum gewesen.

Nachdem Madame Esther wieder gegangen war – Liva begleitete sie – konnte jeder von uns sich ein Buch aussuchen und es anschauen. Ich holte mir das Betsimisaraka-Buch und fragte Prisca, ob ich es ausleihen dürfe.

»Dann musst du Mitglied bei uns werden.«

»Wir müssen bald von hier weg ...«

»Dann gehört ihr auch zu den Familien, die umgesiedelt werden?« Sie schaut mich prüfend an.

»Vater will nicht in das Aussiedlerdorf ...«, ich schlucke.

»Ich verstehe.« Prisca legt den Arm um mich. »Du kannst das Buch trotzdem mitnehmen.«

41

Wenn ich lese, vergesse ich alles um mich, denke ich nicht ständig daran, dass wir nicht mehr hier wohnen dürfen, dass Niny jeden Tag betteln geht und Dada so oft betrunken ist.

Das Buch handelt vom Ursprung unseres Volkes, den ich bereits durch Dadabés Erzählungen kenne, und mir ist es, als würde ich beim Lesen alte Freunde wiedertreffen. Ich sehe Ratsimilaho vor mir. Er hat eine helle Haut, lange schwarze Haare und kühn blickende dunkle Augen. Die Geschichte sagt, dass seine Mutter Rahema aus einem adligen Haus stammte und dass sie von so großer Schönheit war, dass der berühmte englische Pirat Thomas Tew sich in sie verliebte.

Ratsimilaho war erst achtzehn Jahre alt, als er König der Betsimisaraka wurde. Er rief viele kleine Stämme zusammen und sagte ihnen, dass er sie gegen ihre Feinde beschützen würde, wenn sie sich unter ihm zusammenschlössen. Deshalb gaben ihm seine Untertanen einen neuen Namen, nämlich Ramaromanompo, »die Vielen, die ihm folgen«.

Ich wusste nicht, dass unser Volk so groß ist und besonders an der Ostküste beheimatet ist. Deshalb sind die Betsimisaraka vor allem bekannt als Seefahrer, Bootsbauer und Fischer. Meine Familie gehört zu den Inland-Betsimisaraka und kennt sich vor allem in den Wäldern aus. Eines Tages werde ich an die Ostküste reisen, Onkel Velo in Toamasina besuchen und das Meer sehen!

Ich klappe das Buch zu und bedaure, dass ich es schon zu Ende gelesen habe. Dada und Niny sind unterwegs, und Zara ist mit ihrer Mutter zum Tananan-tsinoa. Sie haben Boto und Fanja mitgenommen.

Maraina und Toandro spielen mit kleinen Steinchen und Zweigen.

»Ich komme gleich wieder«, rufe ich ihnen zu.

»Wohin gehst du?«, will Maraina wissen.

»Zur Bibliothek.« Ich zeige ihnen das Buch. »Ich will mir etwas zum Lesen ausleihen.«

»Ich habe aber Hunger«, seufzt Toandro.

»Wartet hier auf mich, ja? Ich bin nicht lange weg, und wenn ich zurück bin, koche ich euch Reis mit Bohnen!«

In der Bücherei machen ein paar Kinder und Jugendliche ihre Hausaufgaben, während andere lesen oder sich Bilderbücher anschauen. Ich hole mir einen Atlas und schlage die Seite mit dem afrikanische Kontinent und Madagaskar auf. »Das stimmt, was Madmoiselle Jenny gesagt hat«, ich betrachte die Umrisse unserer Insel, »Madagaskar sieht wirklich aus wie der linke Fuß des Menschen.«

Ich stelle den Atlas zurück und betrachte die anderen Buchrücken.

»Weißt du mittlerweile, wann und wohin ihr umziehen werdet?«, höre ich plötzlich Prisca fragen. Ich drehe mich zu ihr, schüttele den Kopf, will etwas sagen, doch die Worte bleiben mir im Hals stecken. Ich will nicht daran erinnert werden.

»Wenn ihr nächste Woche noch hier seid ... hast du Lust uns bei der Straßenbücherei zu helfen?«

»Vielleicht sind wir ja noch da ...« Ich nicke, versuche die Tränen zurückzudrängen, die sich in meinen Augen sammeln, wende mich wieder dem Regal zu, wo ich mir mit dem Ärmel heimlich übers Gesicht wische. Nachdem ich mich beruhigt habe, suche ich mir zwei Bücher zum Ausleihen aus: Ein Bilderbuch für die Zwillinge und ein Märchenbuch von Madame Esther, in dem auch die Geschichte von Imaitsoanala und ihrem Krokodil enthalten ist.

Wieder zu Hause, ärgere ich mich über meine Brüder, schimpfe innerlich mit ihnen, denn sie sind nicht da. Dabei hatte ich ihnen doch gesagt, dass sie auf mich warten sollen! Ich kann nur hoffen, dass sie vor Niny oder Dada wieder auftauchen.

Ich gehe rüber zu Frau Oly, hole von ihr etwas Glut und frage, ob sie meine Brüder gesehen hat. Sie schüttelt den Kopf und meint, dass sie bestimmt irgendwo in der Nachbarschaft spielen.

Ich entfache das Feuer neu, setze den Topf mit Reis auf und koche das Gemüse – Bohnen, Zwiebeln und Tomaten –, das Niny gestern aus der Stadt mitgebracht hat. Dada hat versprochen, heute Würstchen für den Eintopf mitzubringen. »Hoffentlich vergisst er das nicht«, denke ich, »und kauft sich statt dessen Bier.«

Während ich am Kochen bin, schaue ich immer wieder zum rötlich gefärbten Himmel und sehe, wie die Sonne allmählich hinter den hohen Häusern jenseits unseres Viertels verschwindet. Nicht mehr lange, dann wird es dunkel sein. Wo bleiben die Jungen? Dada und Niny werden bestimmt mit mir schimpfen, weil ich nicht auf meine jüngeren Brüder aufgepasst habe.

Als Zara und ihre Mutter nach Hause kommen, frage ich sie, ob sie Maraina und Toandro gesehen haben. »Ich war nur kurz weg … in der Bibliothek«, meine Stimme zittert. »Und als ich zurückkam, waren sie nicht da.«

»Die werden schon wieder kommen.« Zara merkt, dass ich mir Sorgen mache. »Wenn du willst, können wir sie suchen gehen.«

»Nein«, ich schüttele den Kopf. »Ich muss kochen, und dann will ich lieber da sein, wenn sie kommen … und auch wenn Niny und Dada nach Hause kommen …«

Niny hat sich angewöhnt, immer etwas früher als Vater zurück zu sein. Sie glaubt so vor ihm verheimlichen zu können, dass sie jeden Tag betteln geht, und dabei weiß er das schon lange. Auch heute ist sie vor Dada da. Sie reicht mir Piso, eine Plastiktüte mit Gemüseresten und zieht sich gleich in unsere Hütte zurück, ohne nach den Zwillingen zu fragen. Ihr fällt nicht einmal auf, dass sie nicht da sind. Obwohl ich darüber erleichtert bin, macht mich das auch wütend.

Ich laufe mit Piso auf dem Arm aus dem Hof, bis zu der Brücke und frage jeden, den ich auf meinem Weg antreffe, nach meinen Brüdern. Doch keiner hat sie gesehen. Als ich Vater auf der Brücke sehe, möchte ich mich am liebsten verstecken.

»Hier sind die versprochenen Würste«, Vater wedelt mit einer Plastiktüte vor Pisos Gesicht. »Die werden euch schmecken.« Er setzt sich Piso auf die Schultern. Ich sage nichts, gehe neben ihm her und versuche, Schritt mit ihm zu halten, wie damals in Moramanga, nachdem er mich gesucht und beim Riesenrad gefunden hatte. Was wird er sagen, wenn er hört, dass die Zwillinge verschwunden sind?

Zu Hause geht er mit Piso zu Niny in die Hütte, kommt dann nach ein paar Minuten heraus und ruft nach Maraina und Toandro. Als er keine Antwort bekommt, fragt er mich, wo sie sind. »Ich weiß nicht«, und jetzt bricht es aus mir heraus, erzähle ich, dass ich sie hier alleine zurückgelassen hatte und zur Bücherei gegangen war. »Es ist alles meine Schuld! Sie hatten bestimmt Hunger und sind deshalb weg!«

Dada hört mir schweigend mit versteinertem Gesicht zu. Niny, Soary und Zara kommen dazu. »Das ist meine Schuld«, Niny schlägt sich weinend auf die Brust. »Ich bin nicht da gewesen. War den ganzen Tag weg ... Wäre ich zu Hause geblieben, wären sie noch hier ...« Vater guckt verzweifelt auf Niny, während Soary sie in die Arme nimmt.

Aber das ist doch nicht neu für ihn! Er weiß doch, dass Niny betteln geht, dass sie beide den ganzen Tag fort sind und ich mit den Zwillingen alleine hier bin. »Wir müssen sie suchen gehen«, sagt er schließlich mit betont ruhiger Stimme. »Sie haben sich vielleicht verlaufen ...«

»Sie sind bestimmt zu der Bäckerei«, fällt mir plötzlich ein. »Die ganze Zeit reden sie von Mama Kakau«, ich schaue in die fragenden Gesichter. »Aber wir haben dir doch davon erzählt!«, sage ich Niny, und als sie zusammenzuckt, tut es mir Leid, dass ich sie so angefahren habe.

Ich erzähle von dem Tag, an dem wir Flaschen gesammelt haben, weil wir Hunger hatten, und von der Vazaha, die uns Sandwiches und Kakao ausgegeben hat. »Und das war in der Bäckerei.«

Vater sagt, dass er mit mir zu der Bäckerei gehen wird, während Niny zu Hause auf die Zwillinge warten soll, für den Fall, dass sie doch bald auftauchen. »Ich werde in der Nachbarschaft nach den Jungen suchen«, bietet Soary an und lässt Zara bei ihren Geschwistern bleiben.

Vater läuft schweigend neben mir. Ich bin froh, dass er nicht mit mir schimpft. Nur noch wenige Leute kommen uns entgegen, denn um diese Zeit sehen die meisten Bewohner unseres Viertels zu, dass sie bereits zu Hause sind. Es ist schon so dunkel, dass ich genau hingucken muss, wo ich hintrete. Vor allem die Brücke hat lauter Löcher, und während ich mich an dem morschen Geländer festhalte, versuche ich, mich an die Stellen zu erinnern, auf die ich treten kann. Ich habe Angst und bin froh, dass Dada bei mir ist. Maraina und Toandro fürchten sich im Dunkeln. Wo sind sie jetzt? Warum sind sie nicht rechtzeitig und während es noch hell war, nach Hause zurückgekommen?

42

Ich bin schon lange nicht mehr um diese Zeit in der Stadt gewesen. Viele Menschen lagern – so wie wir damals – in den Straßen. Manche schlafen, andere unterhalten sich, und ihre Kinder spielen im Licht der Straßenlampen. Wir bleiben immer wieder stehen und Vater fragt nach den Jungen. Doch niemand kann uns weiter helfen. Es gibt einfach zu viele Jungen mit derselben Beschreibung, die auf der Straße leben. Wie sollen die Leute wissen, welche von ihnen Maraina und Toandro sind?

Endlich gelangen wir in die hell erleuchtete Straße, wo der Bäckerladen ist, und sehen von weitem eine kleine Gruppe, die unter eine der Laternen kauert. Wir beschleunigen unsere Schritte und laufen an den mit schweren Eisengittern gesicherten Ladeneingängen und den uns misstrauisch entgegen blickenden Nachtwächtern vorbei.

Zwei Frauen und mehrere Kinder liegen hier unter einer Decke; nicht weit von ihnen liegen an der Mauer, die zu der Bäckerei gehört, zwei schlafende kleine Gestalten.

Vater hockt sich vor Maraina und Toandro und rüttelt sie wach.

Fast gleichzeitig und ganz erschrocken schlagen beide die Augen auf.

»Was macht ihr hier?« Vater furcht die Stirn, »wieso seid ihr nicht zu Hause?«

»Ich hatte euch doch gesagt, dass ich gleich wieder komme!«, herrsche ich sie an und erreiche damit, dass beide zu weinen anfangen. Plötzlich löst sich aus dem Eingang der Bäckerei ein Mann. »Gehören die zu euch?« Er hat weiße Haare, sein Körper ist mit Lumpen bekleidet und in der Hand hält er einen Stock. »Wenn nicht, macht, dass ihr hier weg kommt! Die Jungen dürfen bleiben!« Seine Stimme ist streng, und der Blick, mit dem er Vater anschaut, ist durchdringend.

»Ich bin ihr Vater!« Dada stellt sich vor den Mann.

»Dann passe in Zukunft besser auf sie auf!« Der Alte stützt sich auf seinen Stock und ich sehe, dass er blind ist. »Und merke dir: *Batain-tsy zaka toy ny làlana ka afindra mora foana*, du wirst niemals einen Weg besitzen, aber du kannst ihn sehr leicht verlieren ... und genauso ist es auch mit deinen Kindern!«

»Das ist wahr ...«, murmelt Vater. »Ich werde es mir merken ... Danke.«

Der Alte nickt und verschwindet, so schnell wie er gekommen ist, wieder in dem dunklen Eingang.

Vater kniet sich vor meine Brüder. »Wir haben uns Sorgen um euch gemacht.« Seine Stimme ist leise und beruhigend. »Wir wussten doch nicht, wo ihr seid und ob euch was passiert ist.«

»Wir hatten Hunger«, schluchzt Toandro.

»Warum habt ihr dann nicht auf mich gewartet?« Ich will nicht schuldig sein. »Ich wollte euch doch was zu Essen machen!«

»Wir wollten nur sehen, ob Mama Kakau hier ist.« Maraina schnieft und wischt sich über das nasse Gesicht.

»Aber sie ist nicht gekommen«, beschwert Toandro sich.

»Wollt ihr damit sagen, dass ihr hier die ganze Zeit auf Mama Kakau gewartet habt?« Ich kann es nicht fassen.

Vater schimpft nicht. Er lässt sich von den Jungen noch einmal von Mama Kaukau erzählen, und dann will er wissen, wie es für uns gewesen sei, als er im Gefängnis war, und ob wir genug zu essen hatten.

»Niny hat manchmal was von der Stadt mitgebracht«, sage ich und beiße mir gleich auf die Lippen.

»Ich weiß, dass sie betteln geht ... Ich weiß das schon lange ... ich hätte euch nie hierher bringen dürfen ...« Dabei bedeckt er sein Gesicht mit beiden Händen.

Die Zwillinge drängen sich in Vaters Arme.

»Nicht weinen, Dada«, flüstert Maraina.

»Wir machen das nie wieder«, verspricht Toandro.

»Ich weiß.« Vater drückt sie an sich.

Wir bleiben noch lange so sitzen, und irgendwann schlafen die Zwillinge in Dadas Armen ein.

»Ich weiß, dass du Bücher liebst.« Vater schaut mich mit einem traurigen Ausdruck in den Augen an.

»Ich gehe nicht mehr zur Bibliothek«, beeile ich mich zu sagen. »Ich werde die Zwillinge nie wieder alleine lassen!«

Vater schüttelt den Kopf. »Du sollst weiter lesen.« Ich schaue ihn erstaunt an.

Er lächelt. »Du vermisst die Schule, nicht wahr?«

»Die Straßenbücherei und die Bibliothek sind so was wie Schule«, nicke ich. »Zwar ohne Lehrerin, aber dafür mit mehr Büchern.«

»Wenn wir in Morakondro wären, würdest du immer noch zur Schule gehen.«

»Aber wir mussten doch weg!« Ich will nicht, dass Vater so spricht. »Wir hatten doch nichts mehr zum Leben!«

»Wir hatten uns«, Vater lächelt. »Und wir haben uns immer noch.«

»Wir müssen los.« Vater weckt die Jungen auf. »Eure Niny macht sich Sorgen.«

Als wir uns von dem Alten verabschieden wollen, sehen wir, dass er nicht mehr da ist.

Vater scheint überhaupt nicht müde zu sein. Abwechselnd nimmt er Maraina und Toandro auf seine Schultern, und wir beeilen uns zu Niny zu kommen.

Vor unserer Hütte glimmt ein kleines Feuer. Niny läuft uns entgegen. Toandro schläft auf Vaters Schultern, und Maraina, dessen Hand ich halte, versteckt sich vorsorglich hinter meinem Rücken.

»Ihr habt sie gefunden!«, flüstert Niny erleichtert. Dann aber fängt sie an zu schimpfen. »Verprügeln sollte ich euch!« Sie zieht Maraina am Arm, der sich laut weinend an mich klammert, denn er hat Angst vor Ninys Wut. Jetzt wacht Toandro auf und reckt seine Arme nach Mama. Doch als er ihr aufgebrachtes Gesicht sieht, erinnert er sich plötzlich und klammert sich an Vater.

»Ist schon gut.« Vater greift nach Ninys Hand, bevor sie Toandro trifft. »Sie sind ja wieder da!«

Niny schaut Dada an. Ganz lange. Ich sehe, wie ihre Wut langsam verschwindet und den Tränen Platz macht, die ihr über das Gesicht laufen. Dada setzt Toandro ab, nimmt Niny in seine Arme und flüstert ihr etwas zu, was ich nicht verstehe.

Gemeinsam gehen wir zu unserer Hütte, wo Betiana und Soary auf uns warten. Vater lächelt sie an und sagt, dass wir jetzt alle schlafen sollten.

Das leise Flüstern von Dada und Niny lullt mich in den Schlaf. In meinen Armen halte ich Maraina und Toandro.

43

»Tody! Komm! Essen!« Toandro zieht mich am Arm. Ich schlage die Augen auf und sehe, dass es schon hell ist. Ich habe den Morgen verschlafen. Draußen klappert jemand mit den Töpfen. »Niny hat gekocht.« Maraina steht in der Tür. »Dada sagt, dass wir dich holen sollen!« Ich stehe auf und gehe nach draußen. »Wir wollten dich schlafen lassen«, Dada lächelt, »nach der Aufregung der letzten Nacht.«

Neben der Hütte steht der Eimer. Überrascht stelle ich fest, dass er voll ist. »Ich habe heute Wasser geholt.« Niny rührt in dem dampfenden Topf. »Für die Suppe.«

»Was meinst du dazu?« Vater pustet in seine heiße Schale. »Niny und ich denken, dass wir in unser Dorf zurückkehren sollten …« Er nimmt einen Schluck von der Suppe und schaut mich an.

»Werden sie uns nicht auslachen?«

»Nein«, Niny schüttelt den Kopf. »Niemand wird uns auslachen. Und wenn, dann lassen wir sie lachen.«

»Wir werden uns eine neue Hütte bauen«, sagt Dada. »In Morakondro ...«

Niny klatscht in die Hände, summt die Melodie und fängt mit den Zwillingen an zu singen: *»Mololom-bary iray sy tapa-kazo roa. No namoronany akany tena soa.«*

»Genauso wird es sein«, schmunzelt Dada. »Mit einem Häufchen Heu und zwei Stückchen Holz werde ich uns ein schönes Heim bauen!«

»Aber wir haben kein Feld, wo wir Gemüse und Reis anbauen können.«

Mein Herz hüpft dennoch vor Freude.

»Tangalamena wird uns ein neues Feld zuweisen.« Vater räuspert sich. »Ich weiß, dass du das nicht ganz verstehst. Nach dem Rivo-doza wollte ich einfach weg. Ich dachte, dass wir es hier besser haben werden. Jetzt weiß ich, dass ich mich getäuscht habe. Das Leben in der Stadt ist hart und wir können von Glück sagen, dass wir uns noch haben.«

»Der alte Mann gestern hat mich an Dadabé erinnert«, sage ich.

»Und auch, was er gesagt hat«, nickt Dada. »Dass ich auf euch aufpassen muss ..., dass es keinen Weg gibt, den ich besitze, ich aber darauf achten muss, ihn nicht zu verlieren. Fast wäre mir das passiert, denn ich war dabei, meinen Weg und euch zu verlieren.«

»Nicht nur du«, Niny drückt Piso an sich, »ich auch!«

44

Die nächsten Wochen reden wir nur noch darüber, wie es sein wird, wenn wir in Morakondro ankommen. Dada arbeitet wieder jeden Tag auf dem Markt. Doch jetzt legt er immer etwas Geld für unsere Busfahrt zur Seite. Niny geht nur noch zum Wäschewaschen aus dem Haus und um Soary in China-Town zu helfen. Ich bin traurig, weil ich Tina und Zara und all unsere anderen Freunde vielleicht nie wieder sehen werde. Aber ich bin auch froh, dass wir nach Hause zurückkehren. Dort werden wir unsere eigene Hütte bauen, und ich werde wieder mit Telovavy zur Schule gehen.

Immer wieder singe ich *Mololom-bary iray sy tapa-kazo roa. No namoronany akany tena soa:* Mit einem Häufchen Heu und zwei Stückchen Holz hat er sein schönes Heim gebaut.

Ich bringe die ausgeliehenen Bücher zur Bücherei zurück. Maraina und Toandro begleiten mich, und als ich Prisca erzähle, dass wir in unser Dorf zurückgehen werden, schenkt sie mir drei Bücher. Daraus werde ich den Kindern in Morakondro vorlesen, und ich werde ihnen Märchen und Geschichten von dem Ursprung der Betsimisaraka erzählen.

Als es dann soweit ist, begleiten uns alle unsere Freunde zur Busstation. Andry kommt mit seiner Frau, der kleinen Tochter und dem neugeborenen Sohn. Prisca kommt mit ihrem Mann. »Ich werde dir schreiben … und dir von meinem Baby erzählen.« Sie legt die Hand auf ihren Bauch. »Bald ist es soweit«, und sie sagt, dass sie mir neue Bücher schicken wird.

Unsere Nachbarinnen, Frau Ravoloson und Frau Oly, geben uns gekochte Maniok mit auf den Weg, und Soary schenkt Niny ein buntes Tuch.

Zara schenkt mir den Kalender mit dem Jesusbild. »Ich werde ihn in unserer Hütte aufhängen«, verspreche ich ihr, »damit er mich jeden Tag an dich erinnert!«

Als Jocelyn und Liva in den Hof kommen, bleibt mir vor Schreck fast das Herz stehen. Ich mag Liva immer noch ein bisschen, und es tut weh zu wissen, dass ich auch ihn nicht wieder sehen werde.

Und doch, obwohl ich traurig bin, bin ich auch froh. Denn ich weiß, dass ich nach Morakondro will.

Nachwort

Dieses Buch handelt von den Menschen in Antohomadinika, einem der ärmsten Viertel Antananarivos, der Hauptstadt Madagaskars. Den Kontakt zu den Bewohnern Antohomadinikas bekam ich durch Lucas Rodwell, einem Volontär der Familien- und Menschenrechts-Organisation ATD Vierte Welt. ATD bedeutet auf Englisch »All Together for Dignity« (Gemeinsam für die Menschenwürde), auf Französisch »Aide à toute détresse« (Hilfe in aller Not). Beides drückt den gleichen Gedanken aus: Um die Würde aller Menschen zu garantieren, muss immer wieder bei den Ärmsten, bei den am stärksten Ausgeschlossenen angesetzt werden. Die Mitarbeiter des ATD Vierte Welt sind Menschen unterschiedlicher Herkunft, die sich in gemeinsamen Projekten in inzwischen 29 Ländern mit den von Armut Betroffenen – wie hier mit den Familien in Antohomadinika – für die Überwindung von Not und Ausgrenzung einsetzen. Ihre Arbeit wird geleitet von dem Appell von Joseph Wresinski (1917-1988), dem Initiator und Gründer des ATD:

»Wo immer Menschen dazu verurteilt sind, im Elend zu leben, werden die Menschenrechte verletzt. Sich mit vereinten Kräften für ihre Achtung einzusetzen, ist heilige Pflicht.«

www.atd-viertewelt.de/

http://de.wikipedia.org/wiki/ATD_Vierte_Welt

Im Juni 2005 besuchte ich zum ersten Mal während meines mehrjährigen Aufenthalts in Madagaskar Antohomadinika auf Einladung des ATD, um Kindern und Jugendlichen des Viertels von meiner Arbeit als Autorin und von meinen Büchern zu erzählen.

Mein Weg führte, so wie auch in diesem Buch beschrieben, vorbei an einem schmutzigen, nach Abwässern stinkenden Kanal, vorbei an Wellblech- und Holzunterkünften und an rotznäsigen, ärmlich gekleideten, spielenden Kindern. Männer, Frauen und Jugendliche schleppten schwere Lasten, verkauften an kleinen Tischen Lebensmittel wie Orangen, Nüsse und Tomaten. Ein Mann stand in dem stinkenden Kanal und suchte mit bloßen Händen nach Verwertbarem, eine Frau mit einem Baby wühlte in einem Müllberg nach Essbarem. Zum anderen Kanalufer, wo inmitten der Wellblechunterkünfte ein Riesenrad aufgebaut worden war, führten wacklige, wenig vertrauenerweckende Brücken, zum Teil ohne Geländer. An manchen Stellen war der Weg überflutet.

Als ich das kleine Steinhaus der kürzlich in der Nachbarschaft einer stillgelegten Eisenbahnlinie errichteten Bibliothek erreichte, kam mir diese wie ein Ruhepol inmitten des betriebsamen Armenviertels vor, in dem einige tausend Menschen der verschiedenen Regionen und Ethnien Madagaskars gestrandet sind. Ich erfuhr, dass die Bibliothek von den Bewohnern Antohomadinikas zusammen mit den Mitarbeiterinnen und Mitarbeitern von ATD Vierte Welt gebaut worden war und dass von hier die Straßenbücherei starten würde: Um möglichst viele Kinder, vor allem aber die, die keine Schule besuchen, zu erreichen, macht sich von Zeit zu Zeit eine Gruppe engagierter Jugendlicher und Mitarbeiter des ATD mit Büchern, Papier, Malstiften, Liedern und Spielen zu den Kindern auf den Straßen und Plätzen dieses großen Stadtviertels auf den Weg.

In dem kleinen Bibliotheksraum erwarteten mich ungefähr vierzig Kinder und Jugendliche, die mich bald mit ihren Fragen überhäuften: Woher ich meine Ideen für die Geschichten bekäme, wie viele Bücher ich schon geschrieben hätte, wie lange ich an einem Buch schreibe, warum ich schreibe, wann ich mit dem Schreiben angefangen hätte, ob ich viel Geld damit verdiene.

Ich wiederum erfuhr, dass es wenige Bücher in Madagassisch gebe, und dass das Französisch und Englisch meiner Zuhörerinnen und Zuhörer oft nicht ausreiche, um die der Bibliothek gespendeten Bücher lesen zu können.

Einige Jugendliche erzählten mir, dass sie Gedichte und Geschichten schrieben, und einer von ihnen zeigte mir ein eng beschriebenes Heft von 25 Seiten, in dem er ein Theaterstück zu Papier gebracht hatte.

Mein Vorschlag, ihnen beim Entstehen eines eigenen Buchs zu helfen, wurde begeistert aufgenommen und das Thema schnell gefunden: »Der Alltag in unserer Gesellschaft«. Von Juni 2005 bis April 2006 trafen Lucas Rodwell und ich uns alle vierzehn Tage mit den Autorinnen und Autoren in einer kleinen Holzhütte in Antohomadinika. Hier schrieben sie an ihren Texten, diskutierten miteinander, spielten einzelne Szenen durch und hatten viel Spaß dabei. Das Buch der Jugendlichen, gleichzeitig das erste madagassisch-deutsche Buch, ist 2007 mit dem madagassischen Titel »Sombintsombim-piainana malagasy« und dem deutschen Titel »Madagaskar – Tage unseres Lebens« in Madagaskar erschienen, finanziert mit Spenden des Vereins »Hilfe für Afrika e.V.« Der 1996 gegründete Verein unterstützt Kinderprojekte in Tansania, Sambia, Madagaskar und Äthiopien. www.hilfefuerafrika.de

Durch den engen Kontakt zu den Jugendlichen, zum ATD-Team und zu einigen Familien im Stadtteil erfuhr ich, wie und warum Menschen auf den Straßen Antananarivos oder in Armenvierteln wie Antohomadinika leben. Ich erfuhr, dass viele Familien vom Sammeln und Wiederverwerten von Müll leben, andere vom Verkauf kleiner Dinge des alltäglichen Bedarfs – Lebensmitteln wie Reis, Zwiebeln, Tomaten oder Kartoffeln –, vom Wäschewaschen, vom Verkauf einfacher Mittagsgerichte oder gerösteter Erdnüsse. Andere wiederum haben sich neue Einkommensquellen erschlossen, z.B. ein Handy, das sie gegen Bezahlung zur Verfügung stellen. Das erzielte Einkommen aber reicht immer nur aus, um überleben zu können.

Die Jugendlichen erzählten mir von der Straßenbücherei, in der sie sich, zusammen mit Prisca vom ATD, engagierten und zu der ich sie mehrmals begleiten durfte.

Bis heute treffen sie sich mit den Kindern auf Straßen und Plätzen in Antohomadinika, wo sie ihnen vorlesen, Geschichten erzählen, malen und mit ihnen spielen.

Während ich mit den Jugendlichen an ihrem Buch arbeitete, verdichtete sich bei mir der Wunsch, einen Roman über eine Familie zu schreiben, die aufgrund von Armut auf der Suche nach Arbeit und einem besseren Leben zunächst in Antananarivos Straßen und schließlich in Antohomadinika landet.

Meine Recherchen über die Piratenrepublik »Libertalia« für das 2009 im Bloomsbury Kinder- und Jugendbuchverlag unter dem Titel »Die Piraten von Libertalia« erschienene Buch hatten mich immer wieder zu der faszinierenden Geschichte vom Ursprung der Betsimisaraka und ihrer Piraten-Ahnen geführt.

Als ich nun begann, an der Geschichte Todisoas zu schreiben, ergab es sich fast von selbst, dass sie und ihre Familie den Betsimisaraka angehören sollten. Bei meinen Recherchen für das Buch besuchte ich mehrmals Andasibe, wo ich zu Angehörigen der Inland-Betsimisaraka Kontakt bekam. Besonders erwähnen möchte ich Herrn Botoniava, den Tangalamena von Andasibe, der mir – wie Dadabé im Roman – Fragen über die Betsimisaraka beantwortete. Höhepunkt meiner Begegnung mit ihm war der gemeinsame Besuch eines Betsimisaraka-Friedhofs, den Fremde normalerweise nicht betreten dürfen. Das war eine große Ehre für mich. Besonders berührend war, als der Tangalamena die Razana mit Gin, den er über die Gräber spuckte, und Gebeten um ihren Segen für dieses Buch bat.

Ich hoffe, dass dieses Buch eine Brücke bilden wird zu Menschen, die wie Todisoas Familie in extremer Armut leben. Denn arme Menschen definieren Armut nicht nur als Mangel an finanziellen Mitteln. Sie definieren Armut als Mangel an grundlegender Sicherheit in den unterschiedlichsten Lebensbereichen: Ausbildung, Beschäftigung, Wohnungssituation, gesundheitliche Versorgung und Teilnahme an gesellschaftlichen Entscheidungsprozessen. Das wiederum bedeutet, dass sie – obwohl sie tagtäglich gegen ihre Armut ankämpfen – ohne Unterstützung durch andere zu wenig verändern können. Und hier schließt sich der Kreis. Arme Menschen sind von der Gesellschaft ausgeschlossen, und das Erleben von Geringschätzung und Ausschluss erzeugt ein tiefes Gefühl von Minderwertigkei bei ihnen

– egal ob sie in einem armen oder reichen Land leben. Ihnen helfen bedeutet daher, ihnen mit Respekt begegnen, Beziehungen zu ihnen aufnehmen, sie in unsere Mitte nehmen, sie anhören. Denn wir brauchen ihre Vorstellungen und Erwartungen über ein besseres Leben für uns alle – egal ob wir reich sind oder arm.

Informationen über die Autorin finden Sie auf ihrer Website: www.nasrin-siege.com

Glossar

Andasibe: Kleine Ortschaft im Regenwaldgebiet im östlichen Hochland von Madagaskar,

Antananarivo: Hauptstadt von Madagaskar. Liegt im Hochland im Siedlungsgebiet der Merina.

Antohomadinika: Stadtteil in Antananarivo mit überwiegend armer Bevölkerung

Antsiranana: Stadt im Norden, früher Diego-Suarez genannt

Ariary: Währung in Madagaskar. 1 Euro entspricht zum Zeitpunkt dieser Geschichte ca. 2.500 Ariary.

Babakoto: »Vater von Koto«, madagassische Name des Indri – nach einer Legende der Betsimisaraka

Bebe: Großmutter

Betsimisaraka: Ethnie: »Die Einen, die sich nicht teilen lassen.« Sie sind an der Nordostküste und im östlichen Inland ansässig. Ihre Vorfahren waren wahrscheinlich mit anderen Einwanderungswellen aus Südostasien nach Madagaskar gekommen und haben sich auf der Insel mit Völkern Afrikas und Piraten aus Europa vermischt. Die Ostküste Madagaskars war während des 17. und des 18. Jahrhunderts Schlupfwinkel berüchtigter Freibeuter, die von hier ihre Kaperfahrten gegen Kauffahrtschiffe der Indienroute unternahmen. Die Betsimisaraka sind in der Regel dunkler als die Merina, und ihr Haar ist eher kraus. Und doch gibt es – wie von Todisoa beschrieben – immer wieder Angehörige dieser Ethnie mit heller Haut und – wenn auch selten – blauen Augen.

Dada: Vater

Dadabé: Großvater

Dadan'i Zara: Vater von Zara

Dokotera: Doktor, Arzt

Fady: Verbot bestimmter Handlungen, am besten mit Tabu zu übersetzen.

Famadihana: »Umbettung« oder »Umwendung der Toten«; ein Brauch der Merina und anderer Hochlandgruppen, bei dem die sterblichen

Überreste toter Angehöriger nach mehreren Jahren aus ihren Grabstätten herausgeholt werden. Nachdem sie einige Zeit im Kreise der Familie verbracht haben, werden sie in neue Lambamena gewickelt und erneut beigesetzt. Die Famadihana ist ein fröhliches Fest mit Musik, Tanz, Gesang und Reden über die Verstorbenen, von denen man annimmt, dass sie alles, was über sie gesagt wird, hören und zu schätzen wissen.

Fokontany: Stadtviertel

Hotely: Kleines traditionelles Restaurant, manchmal mit Gästebetten ausgestattet.

Indri: Größte Lemurenart; madagassischer Name: Babakoto

Kalanoro: Kleine Wichte, die in ganz Madagaskar im Wald leben sollen und an Trolle erinnern. Ob der erste, der von ihnen erzählt hat, ein skandinavischer Pirat war?

Karana: Umgangssprachliche Bezeichnung für Araber, Inder und Pakistani.

Lambamena: Traditionelles Leichentuch aus in kunstvollen Mustern gewebter Wildseide, in das die Gebeine der Toten eingewickelt werden.

Mahajanga: Stadt an der Westküste Madagaskars

Maizim-bava ny vilany: »Bald wird es dunkel, und man kann den Rand vom Kochtopf nicht mehr sehen.«

Mandra-pihaona Tompoko: Auf Wiedersehen

Maniok: Tropische Nutzpflanze, deren Wurzeln gekocht und gegessen oder in getrockneter Form zu Mehl verarbeitet werden.

Merina: Ethnie, die im Hochland beheimatet ist. Die Vorfahren kamen vor Jahrhunderten aus dem Gebiet des heutigen Indonesien und Malaysia. Sie haben glattes dunkles Haar und eine olivbraune Haut. Die vorwiegend bäuerliche Bevölkerung siedelte sich im Inneren des Landes an, von wo sie allmählich die dunkelhäutigeren Küstenbewohner unterwarf. Die Merina hatten ein Kastensystem, das sie in Adelige, Freie und Sklaven unterteilte. Sie sind die zahlenmäßig größte Ethnie und damit die politisch mächtigste Gruppe im Land.

Mofo gasy: Süßer Reiskuchen

Morakondro: Fiktive Bezeichnung für das Heimatdorf von Todisoa

Moramanga: Stadt im Osten

Niny: »Mutter« bei den Betsimisaraka

Ninin'i Tina: Mutter von Tina

Pousse-Pousse: Von Männern gezogene Rikscha zum Transportieren von Menschen und Waren

Ratsimilaho: Sohn eines englischen Piraten und seiner madagassischen Frau, der mehrere kleinere Völker zu den Betsimisaraka zusammenschloss.

Razana: Ahne

Rivo-doza: Zyklon, Sturm

Rova: Palast; die »Rova« in Antananarivo ist die Ruine des Palastes der ehemaligen madagassischen Königin.

Sakalava: Madagassische Volksgruppe, die entlang der Westküste angesiedelt ist und einen größeren Anteil von afrikanischen Vorfahren aufweist. Die Sakalava waren die stärksten Widersacher der Merina-Dynastie. Ihre Hauptstadt Mahajanga gilt als das Zentrum der islamischen Religion in Madagaskar.

Satandra: Fluss im Gebiet von Andasibe

Soanambo: Essbare Früchte tragender tropischer Baum

Tadinim-boalao: »Mausohrenpilze«, essbar

Tana: Abkürzung für Antananarivo

Tananan-tsinoa: China-Town

Tangalamena: Oberhaupt einer Gemeinde der Betsimisaraka. Erbt das Amt in der Regel vom Großvater, der ihn in die Stammesriten und die Geschichte der Betsimisaraka und der Familien der Region einführt.

Taxi Brousse: Busch-Taxi; in der Regel ein Minibus oder ein Lastwagenbus

Toamasina: Stadt an der Ostküste, frühere Bezeichnung: Tamatave

Tolagnaro: Stadt im Südosten, früher Fort Dauphin genannt.

Tonga soa: Willkommen

Vazaha: Ursprünglich die Bezeichnung für »Eindringlinge, die von weither kommen«. Später wurden damit »Fremde mit weißer Hautfarbe« bezeichnet.

Veloma: Auf Wiedersehen

Vohitrala: »Dorf im Wald« – fiktive Bezeichnung für das Dorf von Kamisys Freund

Zanahary: »Der erschaffen hat«, Name für einen allmächtigen Gott.

Die Aussprache des Madagassischen ist nicht schwierig. Meistens wird die letzte Silbe von längeren Wörtern nur angehaucht. O wird U ausgesprochen. Tonga Soa also »tunga sua«.

Insgesamt gibt es achtzehn verschiedene Ethnien in Madagaskar, die jedoch – bei allen abstammungsmäßigen Unterschieden – ein und dieselbe Sprache Madagassisch sprechen, die ihren Ursprung im malaiischen Raum hat.

Quellenangaben

Zwei Märchen habe ich mit freundlicher Genehmigung der madagassischen Autorin und Märchensammlerin Esther Rasoloarimalala Randriamamonjy ihren Büchern entnommen und adaptiert:

Zanahary und seine drei Söhne Sonne, Mond und Wolke. Aus: Esther Rasoloarimalala Randriamamonjy: Angano Kanto. Malagasy sy avy any ivelany. S. 15-18; Titel des Märchens: Ny masoandro sy ny volana ary ny rahona. TPFLM-Fametrahana Lah. 112/99

Imaitsoanala und das Krokodil. Aus: Esther Rasoloarimalala Randriamamonjy: Angano Kanto. Malagasy sy avy any ivelany. S. 36-38; Titel des Märchens: Imaitsoanala Milalao Voay. TPFLM-Fametrahana Lah. 730/05/05

Die Betsimisaraka-Geschichte über das schrullige Paar Ranalahy und Ranavavy hat mir der Wildhüter Nasoavina Christian aus Andasibe erzählt.

Der Wildhüter Andriambololona Jeannot hat mir von den Kalonoro, die in den Wäldern leben, erzählt.

Dr. Razafiarivony Michel vom Institut des Civilisations/Musée d'Art et d'Archéologie, Antananarivo, hat mir Fragen zur Kultur der Betsimisaraka und der Merina beantwortet.

Herr Botoniava, der Tangalamena von Andasibe, hat mir von den Sitten und Gebräuchen seines Volkes erzählt.

Danksagung

Mein Dank geht an die Jugendlichen, ihre Familien und an das gesamte Team der Menschenrechtsorganisation ATD Vierte Welt in Madagaskar. Ich danke Céline, Naina, Brigitte, Ravaka, Naval, Hanta, Lucie, Ruffin und Prisca; ich danke Lucas Rodwell, Diana Skelton, Prisca Randrianarindriana. Ihre Geschichten und ihr gemeinsamer Kampf gegen Armut und Ausgrenzung der Menschen in Antohomadinika haben mich beeindruckt und berührt und in mir den Wunsch entstehen lassen, dieses Buch zu schreiben.

Ich danke meiner Freundin und Autorin Esther Randriamamonjy für die Unterstützung, die sie mir während meines Schreibens gegeben hat. Es ist kein Zufall, dass die Märchenerzählerin in diesem Buch ebenfalls Esther heißt. Ich danke Esther Randriamamonjy, dass ich die zwei Märchen aus ihrer Märchensammlung für dieses Buch entleihen durfte.

Mein Dank geht auch an Herrn Botoniava, den Tangalamena von Andasibe. Die Razana haben damals seine Gebete erhört und sich über den Gin gefreut. Ich hoffe, dass sie weiterhin dieses Buch und die madagassische Übersetzung mit ihrem Segen unterstützen werden.

Ich danke den Wildhütern Nasoavina Christian und Andriambololona Jeannot, Dr. Razafiarivony vom Institut des Civilisations/Musée d'Art et d'Archéologie (Antananarivo) und Reiner Dolch (Association Mitsinjo/Andasibe) für die Geschichten und Informationen über die Betsimisaraka.

Ich danke meinen madagassischen Verlegern Sophie Küspert-Rakotondrainy und Andriamparany Rakotondrainy, dass sie die madagassische Ausgabe des Buchs den Kindern des Landes zu Verfügung stellen. Ihnen und Dr. Klaus Christian Küspert gilt mein Dank für die Informationen über die madagassische Sprache, Sprichwörter und Gebräuche der verschiedenen Ethnien.

Mein besonderer Dank gilt meinem Freund und Verleger Volkhard Brandes, der mich während seines Besuchs in Madagaskar 2007 darin bestärkt hat, dieses Buch zu schreiben.

Und schließlich geht mein besonderer Dank an meinen nimmermüden Erstleser, meinen Mann und besten Freund Ludwig.